GEHEIMNISVOLLE WELT

RÄTSELHAFTES AUS GESCHICHTE, NATUR UND WISSENSCHAFT

TEXTE VON
ASTRID OTTE
UND ELKE SCHWALM

ILLUSTRATIONEN VON
TIMO GRUBING

compact kids

compact kids ist ein Imprint
der Compact Verlag GmbH

Baierbrunner Straße 27, 81379 München
Ausgabe 2016

Text: Astrid Otte und Elke Schwalm
Redaktionsleitung: Anja Fislage
Redaktion: Sabine Tauber
Fachredaktion: Barbara Werner
Produktion: Ute Hausleiter
Abbildungen: alle Illustrationen: Timo Grubing;
alle anderen Abbildungen siehe Bildnachweis S. 128
Titelabbildungen: alle Illustrationen: Timo Grubing;
shutterstock.com/Elena Schweitzer (Ufo);
Library of Congress (Edgar Hoover)
Gestaltung: Enrico Albisetti
Umschlaggestaltung: Enrico Albisetti

ISBN 978-3-8174-1592-2
381741592/1

www.compactverlag.de

VORWORT

Die Welt, in der wir leben, ist wunderbar und geheimnisvoll zugleich. Viele interessante Fragen über das Leben und unsere Umwelt konnten die Menschen im Laufe der Jahrtausende beantworten. Doch noch immer gibt es Rätsel auf der Welt, die unerklärlich sind.

Etliche Geheimnisse beschäftigen die Menschheit seit ewigen Zeiten und bringen dich zum Staunen: Mysteriöse Ereignisse in der Geschichte, ungelöste Kriminalfälle oder außergewöhnliche Fähigkeiten von Pflanzen und Tieren. Im fernen Weltall und in der irdischen Tiefsee gibt es unzählige Geschehen, die unglaublich erscheinen und sich doch erklären lassen. Und was ist dran an Mythen und modernen Legenden, denen du täglich begegnest? In diesem Buch findest du Antworten durch aufregende Fakten und Lösungen! Tauchst du tiefer in ein Thema ein, ergeben sich immer neue spannende Gedanken.

Viel Spaß beim Erkunden unserer geheimnisvollen Welt!

Astrid Otte und Elke Schwalm

INHALT

RÄTSEL DER GESCHICHTE 6

KRIMINALFÄLLE UND SPIONAGE 32

UNGLAUBLICHE PHÄNOMENE DER NATUR 58

MYSTERIEN DER WISSENSCHAFTEN 80

DÜSTERE LEGENDEN UND ALLTAGSMYTHEN 102

SPQR

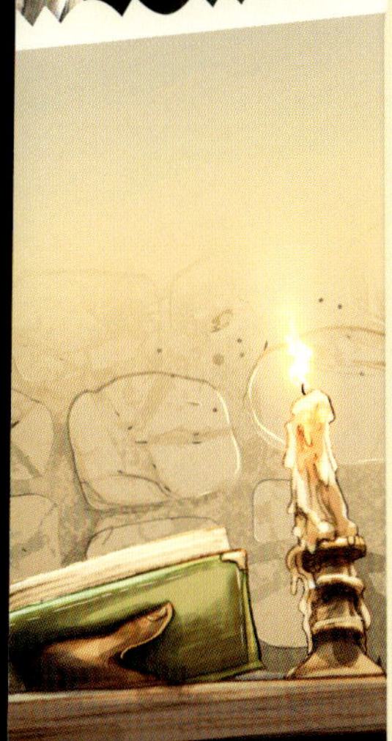

RÄTSEL DER GESCHICHTE

WEISST DU, DASS DIE MENSCHHEITSGESCHICHTE ÜBER MILLIONEN JAHRE ZURÜCKREICHT? HOCH ENTWICKELTE KULTUREN GIBT ES SCHON SEIT ETWA 3100 JAHREN VOR CHRISTUS. IN DIESER LANGEN ZEIT GAB ES VIELE MYSTERIÖSE UND RÄTSELHAFTE BEGEBENHEITEN. VIELE GESCHICHTEN SIND EINE MISCHUNG AUS ERZÄHLUNGEN UND HISTORISCHEN AUFZEICHNUNGEN. ES IST DESHALB EINE SCHWIERIGE UND KNIFFLIGE AUFGABE, DIE WAHRHEIT HERAUSZUFINDEN. BEGIB DICH AUF EINE SPANNENDE EXPEDITION IN DIE VERGANGENHEIT UND FINDE HERAUS, OB ES ZUM BEISPIEL BÖSE FLÜCHE GIBT ODER OB ES DAS GEHEIMNISVOLLE LAND ATLANTIS WIRKLICH GAB.

WELCHES GEHEIMNIS UMGIBT DAS BERNSTEINZIMMER?

DU KOMMST EINES TAGES NACH HAUSE UND STELLST FEST, DASS DEIN ZIMMER VERSCHWUNDEN IST. DAS GIBT ES NICHT, DENKST DU BESTIMMT! DOCH – DAS BERÜHMTE BERNSTEINZIMMER IST NACH MEHRMALIGEM UMZUG EINFACH NICHT MEHR AUFFINDBAR. ABER WIE KAM ES DAZU?

DIE ENTSTEHUNG DES BERNSTEINZIMMERS

Entstanden ist das wertvolle Bernsteinzimmer Anfang des 18. Jahrhunderts. Der preußische König Friedrich I. (1657–1713) gab den Bau eines Zimmers mit schmucken Wandvertäfelungen aus Bernstein für das Schloss Charlottenburg in Berlin in Auftrag.

AB NACH RUSSLAND

Der preußische König Friedrich Wilhelm I. (1688–1740), der Sohn von Friedrich I., verschenkte den kostbaren Raum 1716 an den russischen Zaren Peter den Großen (1672–1725). Als Gegenleistung dafür bekam der preußische König russische Soldaten, die von da an in seiner Leibgarde dienten. Das Bernsteinzimmer wurde in Berlin abgebaut, in Kisten verpackt, nach Russland verschickt und bei Sankt Petersburg erneut aufgebaut. Würdest du dein Zimmer auch eintauschen?

SCHÖNHEITSSCHLIFF

In der Zeit, als sich das Bernsteinzimmer in Russland befand, bekam es einen wahren Schönheitsschliff. Der Raum wurde mit italienischen Steinmosaiken, Spiegelwänden und weiteren aus Bernstein geschnitzten Kunstgegenständen sowie Möbeln verziert. Vor allem die Zarin Katharina die Große (1729–1796) schätzte das prachtvolle Zimmer, das knapp 200 Jahre den Katharinenpalast bei Sankt Petersburg schmückte.

WAS IST BERNSTEIN?

Im 18. Jahrhundert wurde angenommen, dass Bernstein ein sehr kostbarer Edelstein sei. Tatsächlich ist Bernstein ein versteinertes Harz, das urzeitliche Nadelbäume vor Tausenden von Jahren abgesondert haben. Vor allem am Ostseestrand im Baltikum kannst du den Schmuckstein finden. Schon in früheren Zeiten wurde Bernstein zu Schmuck und Kunstobjekten verarbeitet.

Die originalen Bernsteinvertäfelungen

DER ZWEITE WELTKRIEG

Während des Zweiten Weltkrieges (1939–1945) zogen die deutschen Soldaten Richtung Osten, um Russland zu erobern. Ab September des Jahres 1941 belagerten sie Leningrad, das heutige Sankt Petersburg, wo sich das prächtige Bernsteinzimmer befand. Um den empfindlichen Schatz vor den Folgen des Krieges zu schützen, wurden die Bernsteinvertäfelungen abgedeckt. Das hielt die Deutschen nicht davon ab, den Raum als Kriegsbeute einzukassieren.

Ein Blick auf Königsberg 1914

ZURÜCK NACH DEUTSCHLAND

Erneut wurde das Bernsteinzimmer im Oktober 1941 in Kisten verpackt und in die damalige deutsche Stadt Königsberg gebracht, dem heutigen zu Russland gehörenden Kaliningrad. Dort wurde der berühmte Raum bis 1944 im Königsberger Schloss ausgestellt. Aus Furcht vor Zerstörung durch den Krieg ließ der Schlossdirektor das Meisterwerk ein weiteres Mal in Kisten packen und zum Schutz in den Schlosskeller bringen. Das war das letzte „Lebenszeichen" des funkelnden Schatzes – dann verliert sich die Fährte in den Schrecken des Krieges.

WO STECKT DAS BERNSTEINZIMMER?

Diese Frage beflügelt seither die Schatzsucher. Unzählige Suchtrupps haben weder Kosten noch Mühen gescheut, den Schatz aufzuspüren – doch bis jetzt ohne Erfolg. Vielleicht wurde das im Keller eingelagerte Zimmer beim Brand des Schlosses zerstört. Vielleicht hat das gute Stück aber auch Königsberg rechtzeitig verlassen und wartet nun woanders auf seine Entdeckung.

DAS ACHTE WELTWUNDER

So wurde das Bernsteinzimmer wegen seiner Schönheit und Kostbarkeit bezeichnet. Aus der Antike sind die sogenannten sieben Weltwunder bekannt. Es sind beeindruckende und außergewöhnliche Bauwerke jener Zeit, wie beispielsweise die Pyramiden von Gizeh.

Pyramiden von Gizeh

DAS NACHGEBAUTE BERNSTEINZIMMER

Was auch immer mit dem prachtvollen Zimmer passiert sein sollte, auf den Anblick dieses Schatzes musst du nicht mehr verzichten. In einem Zeitraum von mehr als 25 Jahren haben Restauratoren das Kunstwerk nachgebaut. Du kannst es seit 2003 wieder im Katharinenpalast bei Sankt Petersburg bestaunen.

GAB ES ATLANTIS WIRKLICH?

KANNST DU DIR VORSTELLEN, DASS EINE RIESIGE INSEL VON HEUTE AUF MORGEN IM MEER VERSINKT? DAS SOLL VOR TAUSENDEN VON JAHREN MIT DEM MÄCHTIGEN UND REICHEN INSELSTAAT ATLANTIS PASSIERT SEIN. DOCH WO LAG DIESE SAGENUMWOBENE INSEL? VIELE FORSCHER HABEN SICH SEITHER AUF DIE SUCHE NACH DEN ÜBERRESTEN GEMACHT UND DAS LAND AN DEN UNTERSCHIEDLICHSTEN ORTEN DER WELT VERMUTET.

SO SAH ES AUF ATLANTIS AUS

Platon liefert eine sehr genaue Beschreibung von Atlantis, sodass du den Eindruck bekommen kannst, dass das Land tatsächlich existierte: Landschaftlich bestand die Insel laut Platon aus Bergen, Seen sowie heißen und kalten Quellen, die aus der Erde kamen. Man konnte das Land auch mit dem Schiff durchqueren, weil viele Kanäle das Reich durchzogen. Das Land war reich an Rohstoffen wie beispielsweise Gold und Silber. Auch die Pflanzen- und Tierwelt war vielfältig. Unter anderem wuchsen auf Atlantis Bananen und es lebten dort Elefanten.

Der griechische Gelehrte Platon (links) im Gespräch

WER HAT ATLANTIS BERÜHMT GEMACHT?

Der antike griechische Gelehrte Platon (427–347 vor Christus) beschrieb in zweien seiner Werke das Inselreich Atlantis. Das Land soll 9000 Jahre vor Platons Zeit bestanden und außerhalb der Straße von Gibraltar im Atlantischen Ozean gelegen haben.

DER NAME ATLANTIS

Die Hauptstadt der Insel hieß ebenfalls Atlantis. Der Name Atlantis bedeutet „Insel des Atlas“. Atlas war der älteste Sohn des griechischen Gottes der Meere, Poseidon. Dieser überließ seinem Sohn die Macht über die Hauptstadt Atlantis. Laut Platon war der Inselstaat größer als Nordafrika (ohne Ägypten) und Vorderasien zusammen.

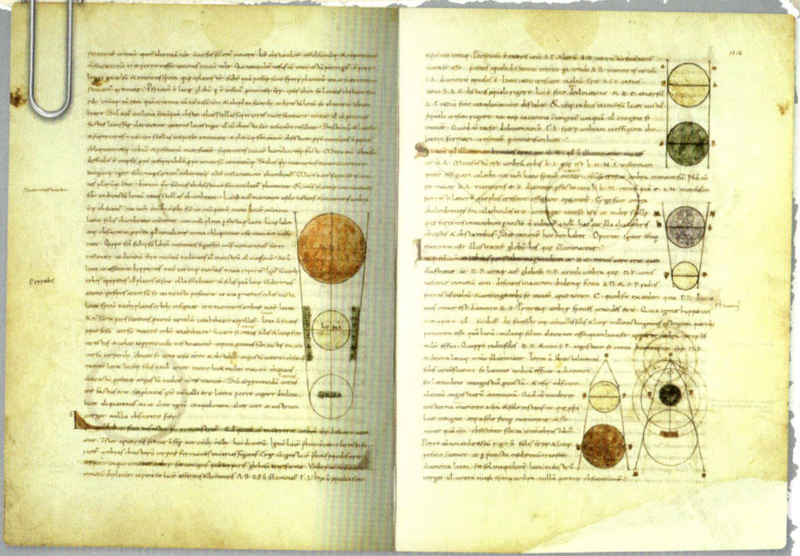

Platons Beschreibungen in einer mittelalterlichen Übersetzung

LAG ATLANTIS IM ATLANTIK?

Seit Jahrhunderten versuchen Wissenschaftler herauszufinden, wo Atlantis gelegen haben könnte. Die Suche nach der versunkenen Insel konzentrierte sich vor allem auf den Atlantischen Ozean. Bei den Kanarischen Inseln, dem Gebiet um das Bermudadreieck sowie in der Nähe von Helgoland haben die Forscher das einstige Inselreich vermutet.

ODER LAG ATLANTIS WOANDERS?

Andere wiederum glaubten, dass der verschwundene Kontinent im Mittelmeer auf der griechischen Insel Kreta, in Südspanien oder vor Zypern lag. Seit einigen Jahren erforschen die Gelehrten sogar den asiatischen Kontinent nach Spuren von Atlantis. Bis zum heutigen Tage konnte jedoch niemand beweisen, wo die Insel lag.

Fantasiekarte von Atlantis

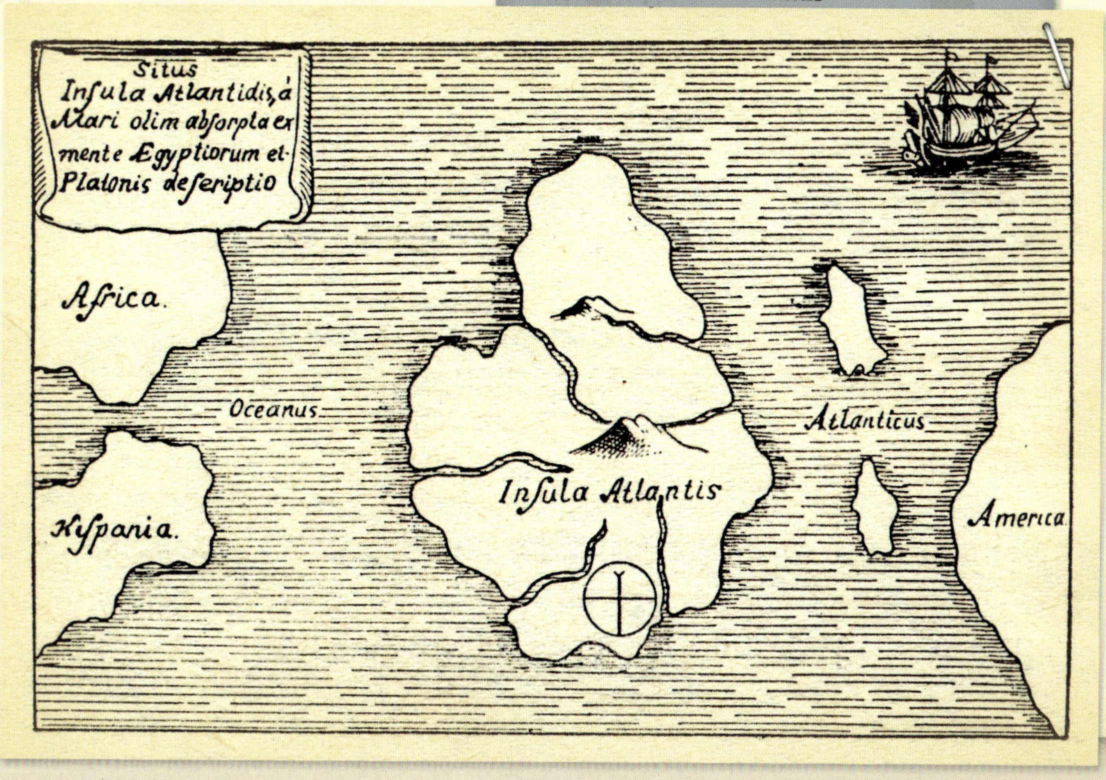

DER UNTERGANG VON ATLANTIS

Platon erzählt, dass die Bewohner von Atlantis Seefahrer waren, die Teile von Europa und Nordafrika unterwarfen. Als eine Strafe der Götter für die Gier nach Macht wurden die Atlantiden bei ihrem Angriff auf Athen besiegt. Kurz darauf soll die Insel innerhalb eines Tages und einer Nacht im Meer versunken sein.

WIE GING ATLANTIS UNTER?

Ein Erdbeben und eine starke Flutwelle waren die Auslöser dafür, dass Atlantis in kürzester Zeit von der Erdoberfläche verschwand. Ob du das glauben kannst? Bislang gibt es keinen Beweis für diese Theorie.

ATLANTIS – NUR EIN MYTHOS?

Das Rätsel um Atlantis konnte bisher nicht gelöst werden. Viele Wissenschaftler gehen davon aus, dass Platon mit den genauen Schilderungen von Atlantis den „vollkommenen Staat" beschreiben wollte, also ein Land, das gut funktioniert und in dem es sich einwandfrei leben lässt. Möglicherweise wollte Platon aber auch zeigen, dass ein Übermaß an Gier nach Macht zu einer plötzlichen Niederlage führen kann. Diese Annahmen sprechen dafür, dass Atlantis ein von Platon geschaffener Mythos ist.

GAB ES EIN ECHTES VORBILD?

Andere Forscher vermuten hingegen, dass Platon ein echtes Vorbild für Atlantis hatte, an dem er sich mit seinen genauen Beschreibungen orientiert hatte. Sie gehen davon aus, dass es dieses Land vor Tausenden von Jahren tatsächlich gegeben hat. Doch solange die Existenz von Atlantis nicht bewiesen oder widerlegt werden kann, können wir diesem Rätsel nicht auf die Spur kommen.

WAS IST EIN MYTHOS?

Das Wort Mythos kommt aus dem Griechischen und bedeutet „Rede", „Erzählung" oder „Sage". Besonders zur Zeit der griechischen Antike (etwa 800 bis 146 vor Christus) entstanden viele Mythen. Dichter vermittelten den Menschen in Mythen ihre Sicht auf tief gehende Fragen, wie die Erklärung menschlichen Verhaltens oder den Zusammenhang zwischen Weltlichem und Göttlichem.

WER WAREN DIE ILLUMINATEN?

DIE ILLUMINATEN SOLLEN FÜR DIE FRANZÖSISCHE REVOLUTION VERANTWORTLICH SEIN, DIE ENTSTEHUNG DER USA ANGETRIEBEN UND DIE KATHOLISCHE KIRCHE BEKÄMPFT HABEN. FINDEST DU NICHT AUCH, DASS DAS GANZ SCHÖN VIEL FÜR EINE GEHEIME GRUPPE IST, DIE NUR ETWA ZEHN JAHRE LANG AKTIV WAR? WAS MEINST DU: HATTE DIESE GEHEIMNISVOLLE VEREINIGUNG WIRKLICH SO VIEL MACHT UND EINFLUSS?

WOHER KOMMEN DIE ILLUMINATEN?

Im Jahr 1776 wurde der Illuminatenorden von dem Gelehrten Adam Weishaupt (1748–1830) in Ingolstadt gegründet. Mit ein paar Studenten rief er den „Bund der Perfektibilisten“ ins Leben. Den Namen „Illuminaten“ verlieh Weishaupt der Vereinigung erst ein paar Jahre später. Das aus dem Lateinischen stammende Wort *illuminati* bedeutet „die Erleuchteten“.

GEHEIMBUND

Ein Geheimbund ist ein Zusammenschluss von Menschen, die gleiche Interessen haben, welche sie aber vor anderen verbergen wollen. Ziel der Mitglieder ist es meistens, politische, religiöse oder gesellschaftliche Verhältnisse zu verändern.

DIE ZIELE DER ILLUMINATEN

Die Illuminaten wollten die gesellschaftlichen und politischen Verhältnisse verbessern. Sie wollten nicht, dass der Adel oder die Kirche die Menschen kontrollierten. Die Menschen sollten gleich und frei sein sowie selbst über Religion bestimmen können.

WARUM TRAFEN SICH DIE ILLUMINATEN HEIMLICH?

Die kirchlichen und weltlichen Herrscher im 18. Jahrhundert wollten ihre Macht nicht abgeben und verfolgten diejenigen, die anderer Meinung waren. Somit mussten sich die Andersdenkenden heimlich treffen.

WER SCHLOSS SICH DEN ILLUMINATEN AN?

Bis zu 2000 Mitglieder verzeichnete der Geheimbund in seinen besten Zeiten. Die meisten von ihnen waren gebildete Männer mit einer akademischen Ausbildung. Unter den Anhängern findest du Freiherr Adolph Knigge (1752–1796), der ein Buch über den Umgang der Menschen miteinander verfasste. Dieser sogenannte Benimmratgeber wird heutzutage immer noch zurate gezogen. Ebenso zählten die bekannten deutschen Dichter Johann Gottfried Herder (1744–1803) und Johann Wolfgang von Goethe (1749–1832) zu den Mitgliedern. Goethe soll dem Orden angeblich beigetreten sein, um ihn auszuspionieren.

IDEEN DER AUFKLÄRUNG

Den Zeitabschnitt zwischen dem 17. und dem 18. Jahrhundert nennen wir das Zeitalter der Aufklärung. Die Grundidee dieser Bewegung war, dass Menschen den Verstand und die Vernunft einsetzen und alte Denkweisen hinterfragen sollten. Als Ziel verfolgten die Aufklärer die Gleichheit und Freiheit der Menschen und somit auch die Auflösung der Ständegesellschaft.

Gründer Adam Weishaupt

STRENG GEHEIM

Die Mitglieder des Ordens waren zu strenger Geheimhaltung verpflichtet. Darauf schworen sie einen Eid bei der Aufnahme in den Bund. Allerdings wurden die neuen Mitglieder zunächst langsam in die Geheimnisse und Rituale der Illuminaten eingeweiht. Sie mussten erst beweisen, dass sie vertrauenswürdig waren. Jeder Illuminat erhielt einen Geheimnamen. Goethe hörte auf den Ordensnamen Abaris, Herder auf Damasus Pontifex. Eine Aufgabe der Verbündeten war es, Freunde, Kollegen und Familienmitglieder auszukundschaften. Hört sich das für dich nicht nach ausspionieren an?

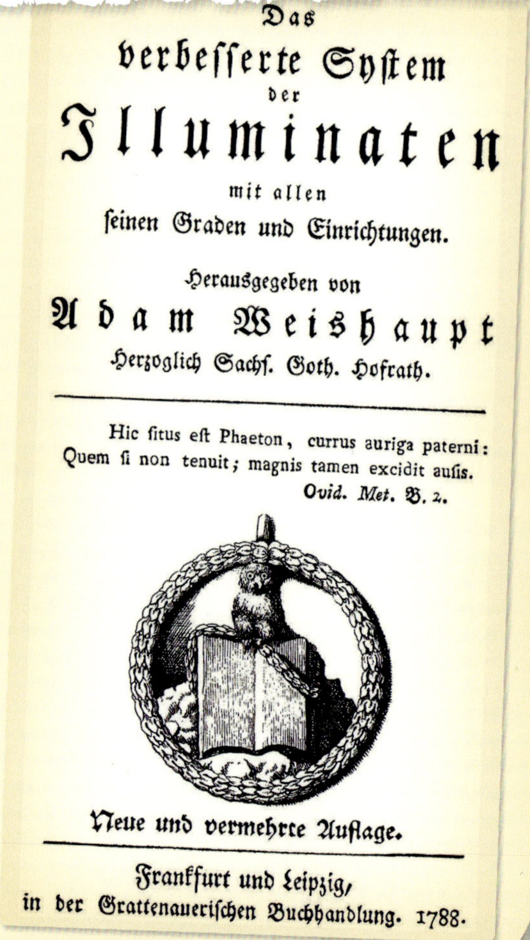

Das
verbeſſerte Syſtem
der
Illuminaten
mit allen
ſeinen Graden und Einrichtungen.

Herausgegeben von
Adam Weishaupt
Herzoglich Sachſ. Goth. Hofrath.

Hic ſitus eſt Phaeton, currus auriga paterni:
Quem ſi non tenuit; magnis tamen excidit auſis.
Ovid. Met. B. 2.

Neue und vermehrte Auflage.

Frankfurt und Leipzig,
in der Grattenaueriſchen Buchhandlung. 1788.

DAS VERBOT

Der bayrische Kurfürst Karl Theodor (1724–1799) verbot im Jahr 1785 den Illuminatenorden. Er hielt ihn für eine Gefahr für den Staat. Der Gründer Weishaupt floh daraufhin von Bayern nach Gotha, um einer Haftstrafe zu entkommen. 1787 soll sogar die Todesstrafe auf das Anwerben neuer Mitglieder für die Illuminaten gestanden haben.

Kurfürst Karl Theodor

GEHEIME MACHENSCHAFTEN DER ILLUMINATEN?

Noch immer gibt es sogenannte Verschwörungstheorien, nach denen der Orden für weltbewegende Ereignisse wie die Französische Revolution verantwortlich war. Ob du das glauben sollst? Beweise gibt es zumindest keine. Mehrfach waren die angebliche Macht und der angenommene Einfluss der Illuminaten ein Thema in Romanen. Vielleicht rührt es daher, dass dieser geheimnisvolle Bund die Fantasien der Menschen so beflügelt.

GIBT ES DIE ILLUMINATEN NOCH IMMER?

Nach dem offiziellen Verbot von 1785 sollen einige Illuminaten weiterhin gewirkt und sich versammelt haben. Die Forscher gehen jedoch davon aus, dass der Geheimbund letztendlich zerschlagen wurde. Dass es die Illuminaten heute noch gibt, ist sehr fraglich.

Über den Dollarschein wurde schon viel spekuliert: Ist hier ein Symbol der Illuminaten versteckt?

WARUM GAB ES EINE VERSCHWÖRUNG GEGEN CÄSAR?

GAIUS JULIUS CÄSAR WAR LANGE DER MÄCHTIGSTE MANN AUF DEM EUROPÄISCHEN KONTINENT. DOCH ER WURDE HINTERRÜCKS ERSTOCHEN. SEIN BESTER FREUND WAR SOGAR UNTER DEN VERSCHWÖRERN. WIE KONNTE ES DAZU KOMMEN?

DER ERSTE KAISER

Du kennst Cäsar bestimmt aus Comics und Filmen. Aber wusstest du, dass unser Wort Kaiser von dem Namen Cäsar stammt? Er wurde unter dem Namen Gaius Julius Cäsar im Jahr 100 vor Christus als Sohn einer einflussreichen Familie geboren. Er hatte einige wichtige Ämter inne, bevor er dann Konsul von Rom wurde.

GROSSER MACHTHUNGER

Cäsar wollte viel Macht im Staat besitzen, doch nicht alle Senatoren, die mit ihm regierten, waren seiner Meinung. So schloss sich Cäsar mit zwei Verbündeten zusammen: Sie bildeten das Triumvirat und regierten das Römische Reich. Die drei wurden die mächtigsten Männer im Staat.

HOCHKULTUR ROM

Die Stadt Rom war vor über 2000 Jahren der Mittelpunkt des Römischen Reiches. Sie war für antike Verhältnisse sehr fortschrittlich. Viele Dinge wie Wasserleitungen, Toiletten und sogar Fußbodenheizungen gab es schon damals. Den Menschen ging es gut, und viele gingen freiwillig zum Militär, um den Ruhm des Reiches zu vermehren.

ERFOLGREICHE FELDZÜGE

Auch als Feldherr war Cäsar erfolgreich. Er besiegte im Krieg gegen die Gallier deren Anführer und konnte so die gallischen Provinzen unterwerfen. Das war ein Gebiet, so groß wie das heutige Frankreich, die Niederlande und Belgien zusammen. Doch als er Germanien und Britannien einnehmen wollte, scheiterte Cäsar.

PROBLEME IN DEN EIGENEN REIHEN

Als Cäsar nach vielen Jahren und erfolgreichen Kriegen wieder nach Rom kam, war einer des Triumvirats verstorben und der andere wollte die alleinige Herrschaft für sich. Das konnte Cäsar natürlich nicht zulassen und bekämpfte und verfolgte ihn bis nach Ägypten. Dort wurde sein Widersacher ermordet. Danach ließ sich Cäsar von den Senatoren Roms zum Diktator auf Lebenszeit ernennen.

CÄSAR UND SEINE FRAUEN

Schon als Teenager heiratete Cäsar seine erste Frau Cornelia. Die war jedoch keine gute Partie, denn ihre Familie passte dem damaligen Diktator Roms nicht. Deshalb ging Cäsar erst einmal zum Studieren ins Ausland. Zurückgekommen heiratete er nach dem Tod seiner Frau eine Enkelin des damaligen Machthabers und stand deshalb in dessen Gunst. Nach wenigen Jahren ließ er sich scheiden und heiratete seine dritte Frau Calpurnia. Sie blieb an Cäsars Seite, auch als Kleopatra, die spätere Königin von Ägypten, seine Geliebte war.

Büste der Kleopatra

CÄSAR UND KLEOPATRA

Als Cäsar in Ägypten war, traf er dort Kleopatra, die schöne junge Königin. Sie suchte die Unterstützung Roms – und er verliebte sich in sie. Kleopatra bekam den gemeinsamen Sohn, Cäsarion. Sie folgte ihm sogar nach Rom, wo er in einem Tempel eine Statue von ihr errichtete. Als er dann ermordet wurde, musste sie zurück nach Ägypten fliehen.

DER DIKTATOR

Wusstest du, dass Cäsar sogar den bestehenden Kalender änderte? Er bestimmte einfach die Länge der Monate um und führte einen neuen Monat ein, den Juli. Das konnte er nur tun, weil er Diktator auf Lebenszeit war, was ursprünglich in Rom gar nicht erlaubt gewesen war. Cäsar hatte einfach das Gesetz geändert und sich dadurch noch mehr Feinde unter den Senatoren zugezogen.

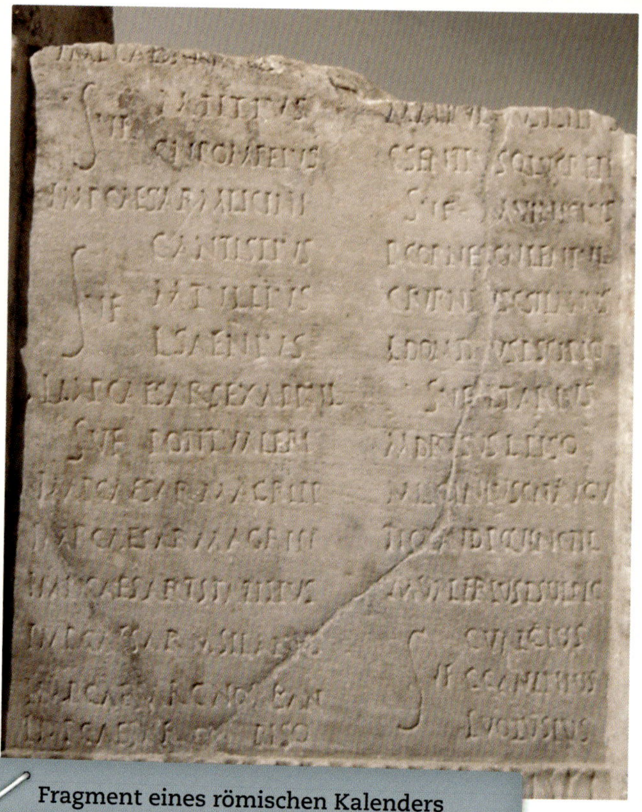

Fragment eines römischen Kalenders

DIE VERSCHWÖRUNG

Cäsar hatte viele Gegner, die nicht wollten, dass er sich als Alleinherrscher aufführte. Rom war ja eigentlich eine Republik mit Wahlen. Deshalb schlossen sich die Senatoren zusammen, um den ungeliebten Diktator loszuwerden.

BÖSE AHNUNGEN

Am 15. März 44 vor Christus sollte Cäsar zu einer normalen Senatssitzung gehen. Er fühlte sich nicht wohl und wollte der Sitzung lieber fernbleiben. Auch seine Frau Calpurnia bat ihn, zu Hause zu bleiben, denn sie hatte böse Vorahnungen. Doch sein bester Freund Marcus Junius Brutus überredete ihn schließlich, teilzunehmen. Es soll Cäsar auch kurz zuvor noch eine Schriftrolle mit einer Warnung übergeben worden sein, die er ungelesen ließ. Im Senat angekommen, umringten ihn die Senatoren, zückten ihre Messer und stachen ihn nieder.

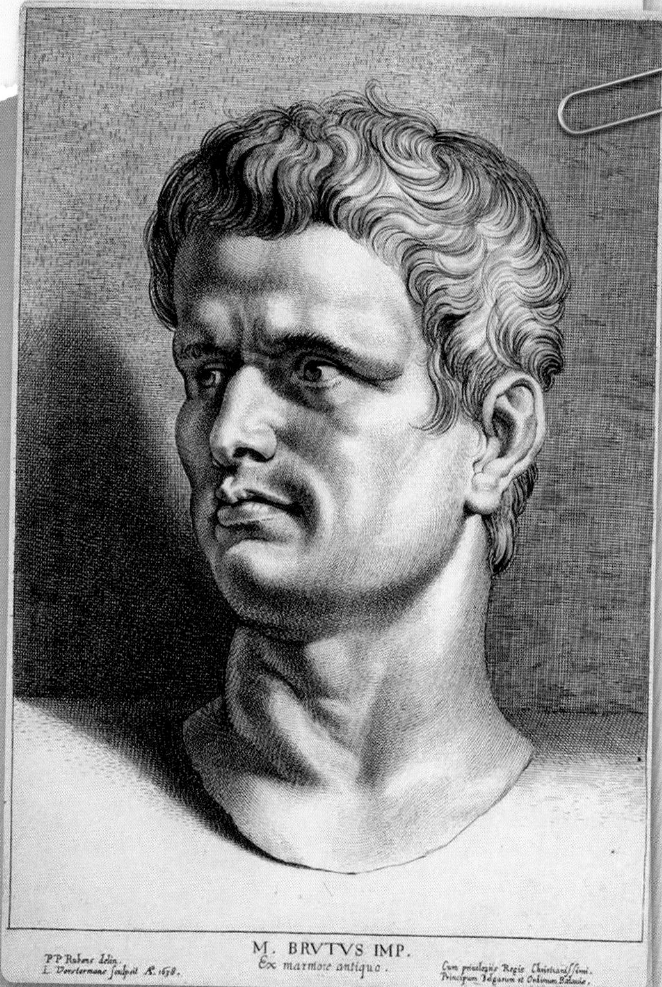

Cäsars Freund Brutus nach dem Künstler Rubens

DAS ATTENTAT

Unzählige Messerstiche trafen den Diktator und er brach zusammen. Er soll „Auch du mein Sohn, Brutus!“ ausgerufen haben, fassungslos darüber, dass dieser an der Verschwörung beteiligt war. Er hatte Brutus immer wie einen Sohn behandelt. Ob dieser selbst auch zugestochen hat, ist allerdings nicht bewiesen. Cäsars erfolgreiches Leben, sein unbeirrbares Streben nach Macht und der gewalttätige Tod haben dafür gesorgt, dass seine Geschichte immer wieder Thema in Literatur und Film ist.

WER WAR DER MANN MIT DER EISERNEN MASKE?

ÜBER 30 JAHRE SASS EIN MANN IM GEFÄNGNIS – DOCH NIEMAND WUSSTE, WER ER WIRKLICH WAR. DAS VERBLÜFFT DICH SICHERLICH. DAMIT NIEMAND DIESEN GEHEIMNISVOLLEN STRÄFLING ERKANNTE, MUSSTE ER EINE MASKE TRAGEN. ER WIRD DAHER „MANN MIT DER EISERNEN MASKE“ GENANNT. ABER WAS STECKT DAHINTER?

WARUM WAR DER MANN EINGESPERRT?

Leider ist nicht viel über die Umstände bekannt, warum der Mann mit der eisernen Maske Jahrzehnte im Kerker verbrachte. Tatsache ist nur, dass der Mann unter dem französischen König Ludwig XIV. von 1669 bis zu seinem Tod 1703 als Staatsgefangener inhaftiert war.

KÖNIG LUDWIG XIV.

Der französische König Ludwig XIV. (1638–1715) wurde bereits im Alter von vier Jahren zum König ernannt. Die Herrschaft trat er mit 22 Jahren an. Da er sich für den Mittelpunkt seines Staates hielt – so wie die Sonne das Zentrum des Sonnensystems ist – setzte er auf das königliche Wappen eine Sonne und wurde von nun an „Sonnenkönig“ genannt. Der Herrscher war dafür bekannt, sehr prunkvoll und verschwenderisch zu leben.

König Ludwig XIV.

Ludwig XIV. lebte im Schloss Versailles.

LEBENSLANGE STRAFE

Über 30 Jahre lang bis zu seinem Tod 1703 verbrachte der Sträfling seine Zeit im Kerker. Das hört sich nach einer schweren Strafe an, oder? In diesem Zeitraum „zog" der Mann von Gefängnis zu Gefängnis. Er saß in einer Alpenfestung, auf einer Mittelmeerinsel und zuletzt in Paris in der Bastille ein. Oft wurden die Zellen extra für ihn ausgestattet und an seiner Seite war immer derselbe Gefängnisdirektor.

Bastille in Paris vor ihrer Zerstörung

WIE LEBTE DER HÄFTLING IM GEFÄNGNIS?

Der Sträfling genoss eine besondere Behandlung im Zuchthaus. Er durfte dort musizieren, sich Bücher wünschen, die er lesen wollte, und draußen spazieren gehen.

WAR DIE MASKE WIRKLICH AUS EISEN?

Das Gerücht, dass die Maske aus Eisen war, entstand erst nach dem Tod des rätselhaften Häftlings. Angeblich soll die Maske aus schwarzem Samt bestanden haben. Einige Forscher vermuten auch, dass nur Teile der Maske aus Metall gewesen sein sollen. Sicher ist, dass der Gefangene immer das Gesicht verdecken musste: beim Essen, beim Schlafen, beim Hofgang und besonders vor anderen Menschen. Stell dir vor, du müsstest den ganzen Tag dein Gesicht verbergen!

Festung Exilles in den Alpen

EIN BESONDERER GEFANGENER

Historiker können beweisen, dass ein Gefangener namens Eustache Dauger im Jahr 1669 verhaftet wurde. Bevor er ins Gefängnis kam, hatte der Kriegsminister dem Gefängnisdirektor sehr genaue Anweisungen geschickt, wie der Häftling behandelt werden sollte. Diese Regeln mussten genau befolgt werden.

STRENG GEHEIM

Seine Zelle sollte durch mehrere Türen vor Lauschern geschützt werden und nur der Gefängnisdirektor selbst durfte ihn einmal am Tag mit Essen versorgen. Einige Forscher behaupten, dass der Gefangene nur über seine unmittelbaren Bedürfnisse reden durfte. Andere sind der Meinung, dass er sogar gar nicht reden durfte, damit niemand seine Stimme hören konnte. Angeblich drohte jedem Mitwisser, mit dem er sprach, die Todesstrafe.

WAR DER GEFANGENE EIN DIENER?

Trotz der besonderen Auflagen sollte der Gefangene lediglich wie ein Diener behandelt werden. Tatsächlich wurde er auch als solcher eingesetzt, als der ehemalige Finanzminister, der beim König in Ungnade gefallen war, ebenfalls in das Gefängnis kam.

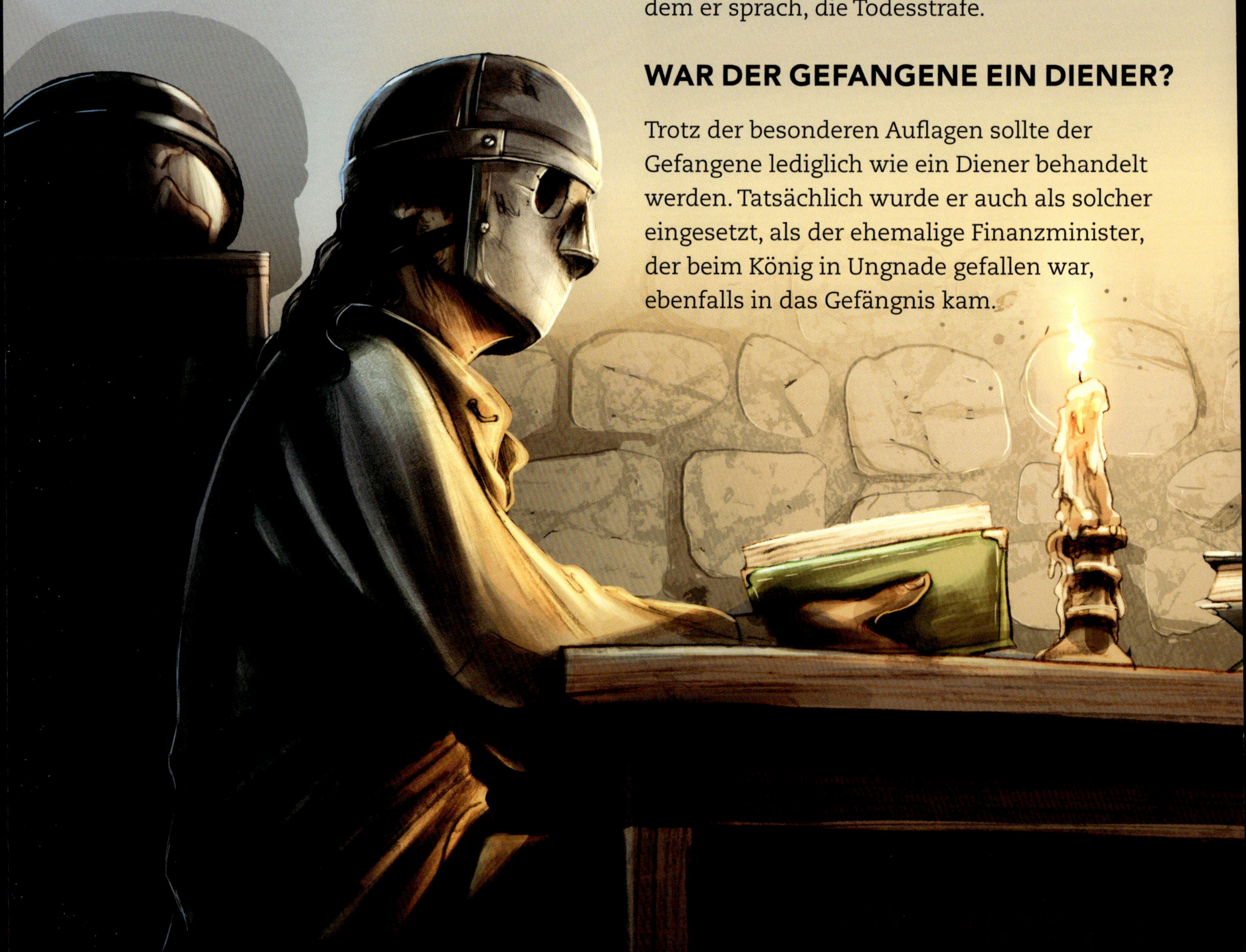

WAR ER DOCH EIN ADELIGER?

Zur gleichen Zeit war daher auch der italienische Graf Ercole Antonio Mattioli (1640–1694) in diesem Gefängnis. Er hatte den französischen König betrogen und verraten. Da der Mann mit der eisernen Maske letztlich unter dem Namen „Marchioly“ bestattet wurde, hielten manche Historiker den Grafen für den Maskenmann. Allerdings wurde dieser später in das Gefängnis Bastille verlegt, während der Graf niemals dorthin gebracht wurde.

EIN FEIGER SOLDAT UND ANDERE VERDÄCHTIGE

Ein französischer Offizier hat einige verschlüsselte Briefe des Königs gefunden. Laut diesen sollte ein General Vivien de Bulonde mit Haft und dem Tragen einer Maske bestraft werden, weil er durch Feigheit den Sieg der Franzosen gefährdet habe. Allerdings ist der besagte General erst später als der Maskenmann gestorben. Insgesamt gibt es Dutzende Theorien, wer der geheimnisvolle Gefangene gewesen sein könnte – die Wahrheit wirst du wahrscheinlich nie erfahren.

DER BRUDER DES KÖNIGS?

Viele Geschichten ranken sich um den Mann mit der Maske und dienten Schriftstellern als Stoff für Romane. Eine Annahme besagt, dass der Maskierte ein unehelicher Sohn der Mutter des Königs gewesen sei. Besonders beliebt ist die Version, dass er der Zwillingsbruder des Königs gewesen sei. Dieser hätte eigentlich den Anspruch auf den Thron gehabt und sei daher unter einer Maske versteckt worden, weil er natürlich genauso ausgesehen habe wie der König.

WAS IST DER FLUCH DES TUTANCHAMUN?

KANNST DU DIR VORSTELLEN, DASS DER FLUCH EINES VOR ÜBER 3000 JAHREN GESTORBENEN KÖNIGS DIE MITARBEITER EINER EXPEDITION VERFOLGT? GENAU DAS SOLL MIT DEN FORSCHERN PASSIERT SEIN, DIE BEI DER ENTDECKUNG DER GRABSTÄTTE DES ÄGYPTISCHEN HERRSCHERS TUTANCHAMUN, DER VOR ETWA 3300 JAHREN LEBTE, DABEI GEWESEN SIND.

DIE ENTSTEHUNG DER GERÜCHTE

Schon kurz nachdem der englische Archäologe Howard Carter (1874–1939) das Grab des Pharao (Königs) Tutanchamun im Tal der Könige am 4. November 1922 entdeckt hatte, hieß es: Ein Fluch soll die Ruhestätte schützen. Der Fund war eine Riesensensation, denn es war die erste vollständig erhaltene Grabstätte. Zeitungen schrieben weltweit über die Öffnung des Grabes, die Schätze und den Fluch. Die Wissenschaftler und der Geldgeber, Lord Carnarvon (1866–1923), wurden zu Medienstars.

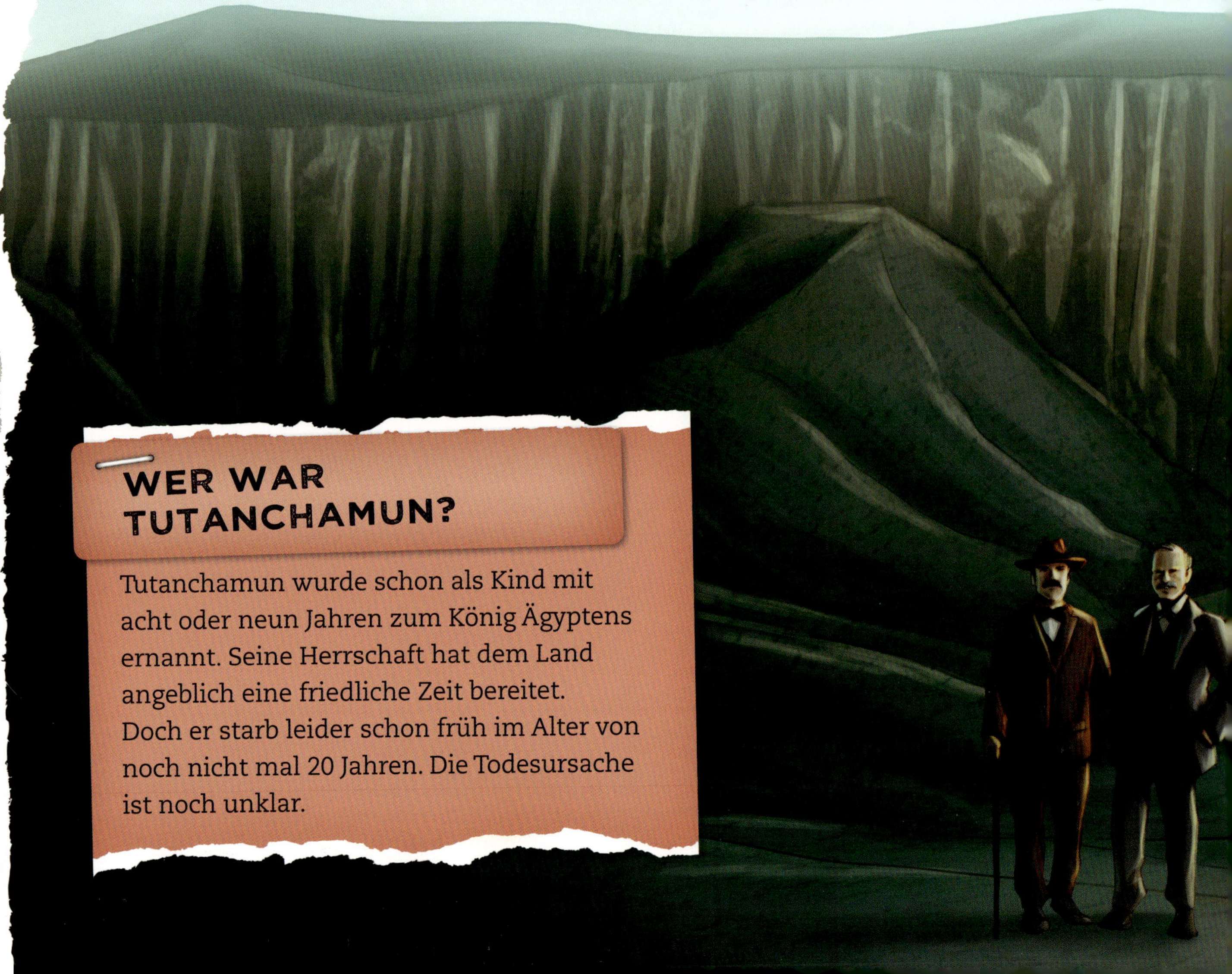

WER WAR TUTANCHAMUN?

Tutanchamun wurde schon als Kind mit acht oder neun Jahren zum König Ägyptens ernannt. Seine Herrschaft hat dem Land angeblich eine friedliche Zeit bereitet. Doch er starb leider schon früh im Alter von noch nicht mal 20 Jahren. Die Todesursache ist noch unklar.

DIE GEHEIME GRABSTÄTTE

Tutanchamun wurde nicht wie viele andere Pharaonen in einer Pyramide bestattet, sondern unterirdisch im Tal der Könige, nahe der Stadt Luxor. Forscher vermuten, dass sein Tod überraschend kam und er schnell an einem geheimen Ort begraben wurde. Deshalb wurde wohl seine Grabstätte nicht schon in der Antike von Plünderern ausgeraubt, so wie viele andere. Obwohl Räuber in die Vorkammern gelangten, schafften sie es nicht, in die Grabkammer und zu den Schätzen vorzudringen.

WIE WURDE DAS GRAB DES TUTANCHAMUN ENTDECKT?

Howard Carter fand im Tal der Könige einige Gegenstände, die auf die Existenz des Grabes hinwiesen. Er suchte viele Jahre danach. Die Expedition, die zur Entdeckung führte, war die letzte, die sein Geldgeber finanziert hätte.

Der englische Archäologe Howard Carter

WARNSIGNALE – DIE GEHEIMNISVOLLE TONTAFEL

Einigen Berichten zufolge soll es eine Tontafel gegeben haben, auf der geschrieben stand, dass derjenige, der die Totenruhe des Pharaos stört, umkommen wird. Howard Carter soll sie entweder am Grabeingang oder im Grab gefunden haben. Doch in seinen eigenen Aufzeichnungen hat er sie nie erwähnt.

MYSTERIÖSE TODESFÄLLE

Als Lord Carnarvon im Jahr 1923 plötzlich an einer Blutvergiftung starb, gab das den Gerüchten um einen Fluch noch mehr Nahrung. Im Laufe von einigen Jahren starben mehrere Wissenschaftler, die mit den Schätzen und der Mumie zu tun hatten, sowie Besucher des Grabes.

SELTSAME BEGEBENHEITEN

Reporter stürzten sich begeistert auf die Gerüchte und berichteten ausführlich über ungewöhnliche Vorfälle: Howard Carters Kanarienvogel soll zur Zeit der Graböffnung von einer Kobra, dem Schutztier der Pharaonen, getötet worden sein. Lord Carnarvons Hund soll zur gleichen Zeit wie sein Herr gestorben sein. Bewiesen sind diese Geschichten allerdings nicht.

ALLES UNSINN?

Es gab viele wissenschaftliche Erklärungsversuche. Die Ursachen der Todesfälle wurden genauer unter die Lupe genommen. Einige Mitglieder der Expedition begingen Selbstmord, vermutlich aus Angst vor dem Fluch. Andere starben durch Infektionen oder Schimmelpilze. Bei näherer Betrachtung betrafen die Todesfälle oft ältere Menschen, die schon krank waren. Außerdem hat Howard Carter, den der Fluch besonders hätte treffen müssen, ein hohes Alter erreicht.

WO SIND DIE UNGLAUBLICHEN SCHÄTZE UND DIE MUMIE DES PHARAOS HEUTE?

Die goldene Totenmaske und andere Kostbarkeiten befinden sich jetzt in verschiedenen Museen der Welt, die meisten in ihrem Heimatland Ägypten. Die Mumie des jungen Königs ruht in seinem Grab, in dem äußeren Steinsarkophag unter Plexiglas. Du kannst sie dort zum Beispiel im Rahmen einer Nilkreuzfahrt besichtigen.

WAS SIND MUMIEN?

In der Religion der antiken Ägypter glaubten die Menschen, dass die Verstorbenen nur ins Jenseits reisen könnten, wenn der Körper erhalten bleibt. Deshalb machten sie den Körper haltbar, indem sie die inneren Organe herausnahmen und in extra Gefäßen lagerten. Die Hülle, also der Körper ohne Organe, wurde mit unterschiedlichen Mitteln einbalsamiert und dann mit vielen verschiedenen Stoffbandagen umwickelt. Zum Schutz wurde der Körper in mehrere Sarkophage gelegt und alles zusammen in geheimen Gräbern oder gesicherten Pyramiden versteckt.

Howard Carter entdeckt die Mumie des Tutanchamun.

REWARD
($5,000.00)
"BILLY THE KID"
DEAD OR ALIVE! BILLY THE KID

A J S
B K T
C L U
D M V
E N W
F O X
G P Y
H Q Z
I R

KRIMINALFÄLLE UND SPIONAGE

WÄRE ES NICHT SCHÖN, WENN SICH ALLE MENSCHEN GUT VERSTÜNDEN UND ES KEINE VERBRECHEN GÄBE? LEIDER IST DAS NICHT IMMER SO: ES GIBT TÄTER, OPFER SOWIE GESETZESHÜTER, DIE MIT VERSCHIEDENEN METHODEN KRIMINALFÄLLE LÖSEN. DOCH ES IST NICHT SO EINFACH, KOMPLIZIERTEN FÄLLEN, GEHEIMNISSEN UND DER WAHRHEIT AUF DIE SPUR ZU KOMMEN. ODER WEISST DU, WER ROBIN HOOD WIRKLICH WAR ODER WIE VIELE MENSCHEN BILLY THE KID AUF DEM GEWISSEN HAT?

HAT SHERLOCK HOLMES TATSÄCHLICH GELEBT?

DU KENNST SICHER DIE GESCHICHTEN ÜBER DEN BERÜHMTEN BRITISCHEN PRIVATDETEKTIV, DER MIT SEINEN BESONDEREN FÄHIGKEITEN VERSUCHT, KRIMINALFÄLLE AUFZUKLÄREN. DOCH HAT ES SHERLOCK HOLMES WIRKLICH GEGEBEN? IMMERHIN HATTE DIE SPÜRNASE MIT DEM KARIERTEN MANTEL, DER SCHIRMMÜTZE UND DER PFEIFE EINE EIGENE ADRESSE IN LONDON. BEGIB DICH AUF DIE SPUR DES MEISTERDETEKTIVS!

EIN GENIE

Davon träumt vermutlich jeder Polizist oder Detektiv: einen schwierigen Fall mit scharfsinnigem Verstand vollständig zu lösen – so wie Sherlock Holmes es macht. Doch leider kann kein Ermittler den britischen Detektiv um Rat fragen, denn Sherlock Holmes ist lediglich eine Romanfigur, die sich der britische Autor Arthur Conan Doyle (1859–1930) ausdachte.

GAB ES EIN ECHTES VORBILD?

Anregungen für die Figur des Sherlock Holmes bekam Doyle von den Detektivgeschichten von Edgar Allan Poe (1809–1849). Eine historische Person gab es allerdings nicht als echtes Vorbild. Sherlock Holmes' Eigenschaft, genau zu beobachten und zu kombinieren, schaute sich Doyle von einem Kollegen ab.

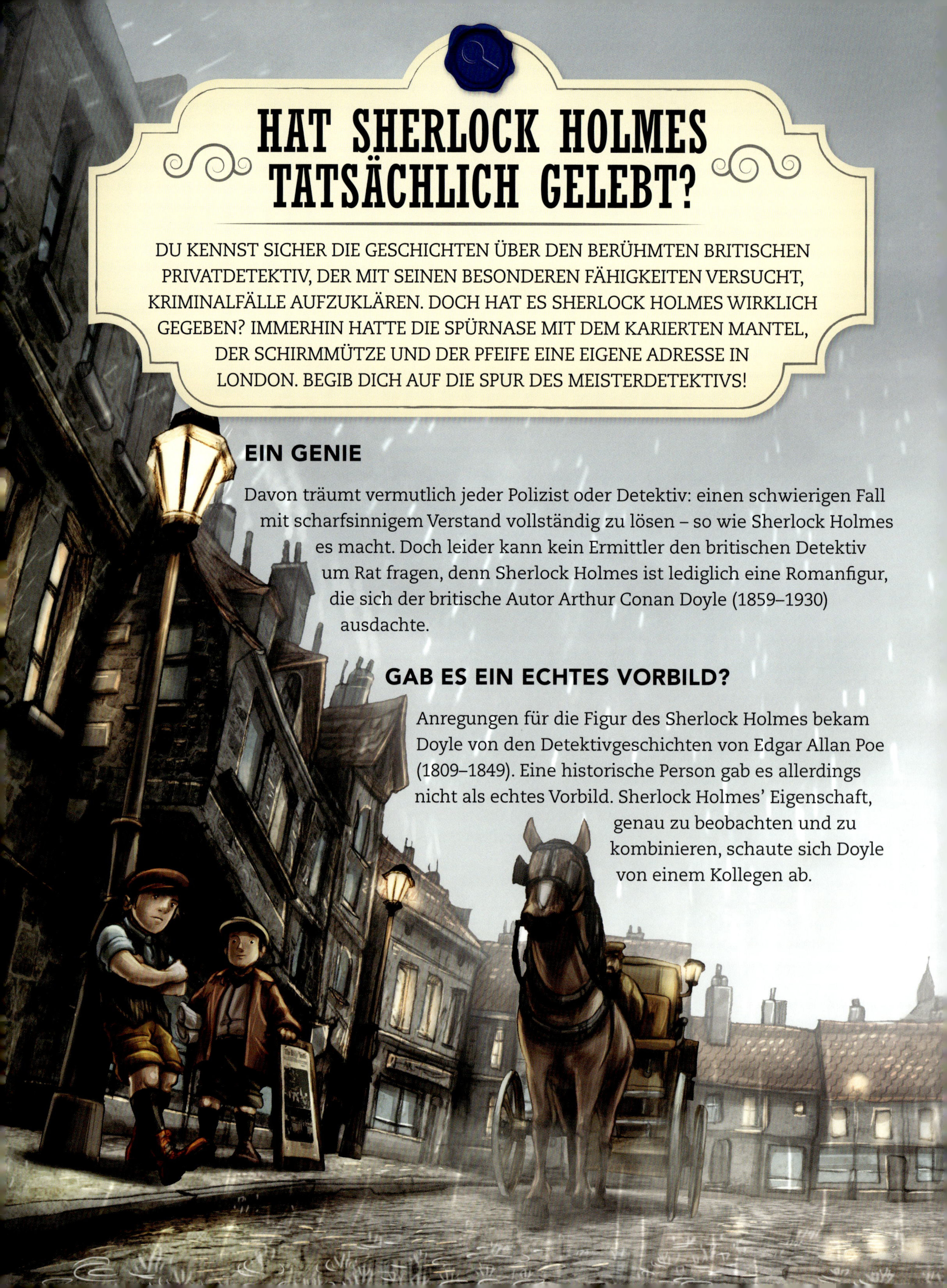

VORREITER MODERNER ERMITTLUNGSVERFAHREN

Die Art und Weise, wie Sherlock Holmes Kriminalfälle aufklärte, war neuartig: Mit genauer Beobachtungsgabe, scharfem Verstand und wissenschaftlichen Methoden kam er den Tätern auf die Schliche. Bei Sherlock Holmes löst nicht der Zufall die Rätsel, sondern die Logik. Dass ein Kommissar zur Ermittlung Fingerabdrücke überprüft und Blutspuren untersucht, weißt du natürlich. Doch diese Verfahren, die heutzutage selbstverständlich sind, waren damals nicht sehr gängig.

ARTHUR CONAN DOYLE

Arthur Conan Doyle studierte zunächst Medizin und arbeitete nach Abschluss der Universität als Arzt. Seine große Leidenschaft war neben der Heilkunde die Schriftstellerei. 1887 wurde seine erste Detektivgeschichte mit den Charakteren Sherlock Holmes und seinem Assistenten Dr. Watson veröffentlicht. Doch galt Doyles Interesse nicht nur Kriminalfällen, sondern auch Geschichts- und Abenteuerromanen. Ab 1891 war der Autor so erfolgreich, dass er durch das Schreiben seinen Lebensunterhalt bestreiten konnte.

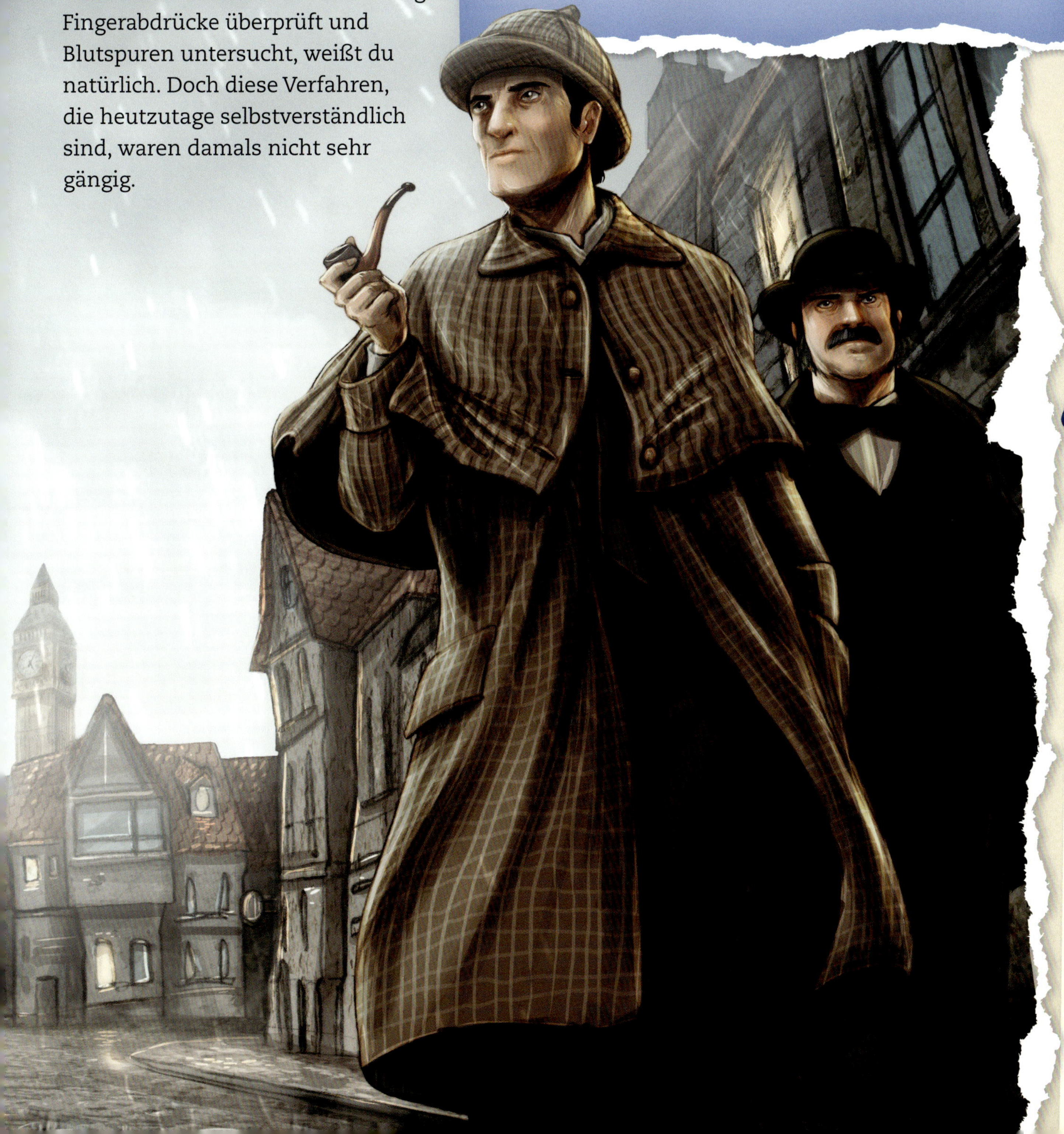

SHERLOCK HOLMES' TOD

Die Kriminalgeschichten um Sherlock Holmes bescherten Doyle großen Erfolg und Ruhm, doch der Autor hätte lieber Geschichtsromane geschrieben. Daher sollte der 1893 erschienene Titel „Der letzte Fall" buchstäblich der letzte des Meisterdetektivs sein. Er ließ seinen Helden und dessen Gegenspieler Professor Moriarty im Kampf aus großer Höhe in einen Wasserfall in der Schweiz stürzen. Das sollte das Ende der genialen Spürnase sein.

Der britische Autor Arthur Conan Doyle

GROSSE PROTESTE

Als die Fans von Sherlock Holmes von dessen literarischem Tod erfuhren, hagelte es zahlreiche Proteste. Seine Anhänger waren wütend und traurig. In einigen Städten trugen die Menschen sogar schwarze Armbinden als Zeichen der Trauer, als sei ein echter Mensch gestorben.

AUFERSTEHUNG

Aufgrund der Einwände von Lesern und dem Verlag entschied sich Conan Doyle, Sherlock Holmes erneut aufleben zu lassen. Da der Meisterdetektiv eine japanische Kampfsportart beherrschte, war er in der Lage, sich aus dem Griff seines Widersachers zu befreien und die Felswand hochzuklettern. Kannst du das glauben? Aber Sherlock Holmes war halt wirklich außergewöhnlich.

DIE ADRESSE

Genauso wie du in einer Wohnung zu Hause bist, lebt die Romanfigur Sherlock Holmes in einem Apartment. Seine Adresse lautet: Baker Street 221b in London. Kein Wunder, dass viele Menschen noch immer glauben, dass Sherlock Holmes tatsächlich gelebt hat. Conan Doyle hat seinen Krimihelden sehr realistisch dargestellt, mit Stärken und Schwächen, genauen Beschreibungen der Wohnung und sogar einer Anschrift. Allerdings gab es zur Entstehungszeit der Geschichten diese Adresse nicht. Die Hausnummern gingen nicht über 100 hinaus. Erst nach 1930 wurde die Baker Street erweitert und verfügt seitdem über die Nummer 221b.

Baker Street 221b in London

SHERLOCK-HOLMES-MUSEUM

Ebenfalls in der Baker Street, ganz in der Nähe von Sherlock Holmes' Anschrift, befindet sich das Sherlock-Holmes-Museum. Dort kannst du das Wohnzimmer des Meisterdetektivs bestaunen. Es wurde nach den Beschreibungen des Autors nachgebildet.

EINE KUNST

Die Geschichten von Sherlock Holmes wurden in über 50 Sprachen übersetzt und begeistern weiterhin Jung und Alt. Auch als Vorlage für Filme, Theaterstücke und Hörspiele dienten die Erzählungen. Dem Autor ist es erfolgreich gelungen, seinem Helden menschliches Leben einzuhauchen, sodass viele Fans tatsächlich an die Existenz dieser Figur glauben.

WER ERSCHOSS BILLY THE KID?

UM BILLY THE KID, EINEN DER BEKANNTESTEN VERBRECHER DES WILDEN WESTENS, RANKEN SICH VIELE LEGENDEN UND GERÜCHTE. WAS KANNST DU GLAUBEN, WAS NICHT? DIE UNGEWISSHEIT FÄNGT BEI SEINER GEBURT AN UND HÖRT BEI SEINEM TOD AUF. DENN NOCH IMMER GIBT ES ZWEIFEL, WER DEN EINSTIGEN REVOLVERHELDEN ERSCHOSSEN HAT.

SEINE HERKUNFT

Billy the Kid wurde vermutlich 1859 als Henry McCarty in New York City geboren. Er zog mit seiner Mutter und den Geschwistern in den Südwesten der USA nach New Mexico, wo er einen Großteil seiner Jugend in Saloons verbrachte. In den folgenden Jahren nannte McCarty sich auch William Bonney oder Henry Antrim.

KRIMINELLE ANFÄNGE

Noch vor seinem 16. Geburtstag kam Billy the Kid mit dem Gesetz in Konflikt, angeblich hatte er Kleidung aus einem Geschäft gestohlen. Kurze Zeit später sattelte er vermutlich zum Pferdedieb um. Über den Zeitpunkt, wann Billy the Kid das erste Mal einen Menschen tötete, gibt es verschiedene Überlieferungen. Oft wird berichtet, dass er 1877 – noch vor seinem 18. Geburtstag – einen Menschen erschossen hatte.

WIE VIELE MENSCHEN ERMORDETE BILLY THE KID?

Angeblich tötete Billy the Kid 21 Menschen, womit er der gewalttätigste Kriminelle der damaligen Zeit gewesen wäre. Aber wie bei vielen Geschichten aus seinem Leben, kannst du dir nicht sicher sein, dass sie wirklich stimmen. Belegt sind nämlich „nur“ vier Morde, für die Billy the Kid verantwortlich ist. Weitere fünf Tötungsdelikte könnten auf seine Kappe gehen, allerdings waren das wilde Schießereien, an denen mehrere Gangster beteiligt waren.

DER LINCOLN-COUNTY-RINDERKRIEG

Im Jahre 1878 war Billy the Kid einer der Hauptakteure im berüchtigten Lincoln-County-Krieg. Mehrere große Rinderzüchter in New Mexico waren sich geschäftlich ins Gehege gekommen. Und da der Wilde Westen seinen Beinamen nicht zu Unrecht trug, artete der Konflikt schnell in blutige Gewalt aus. Als Erstes wurde der Arbeitgeber und väterliche Freund Billy the Kids erschossen, dann töteten Billy und seine Freunde einige der Mörder und nach einigen Monaten des Blutvergießens rückte sogar die Armee ein.

VOLKSFREUND ODER VERBRECHER?

Von seinen Zeitgenossen soll Billy als ehrlich und hilfsbereit beschrieben worden sein. Er sei ein lebensfroher und beliebter Junge gewesen, der fließend Spanisch sprach und ein guter Tänzer war. Hört sich das nach einem skrupellosen Verbrecher an? Das damalige Leben im Wilden Westen war schwierig für junge Männer. Es war leicht, an die falschen Freunde zu geraten, Waffen waren allgegenwärtig und Kriminelle konnten sich schnell nach Mexiko absetzen. Selbst Gesetzeshüter waren oft Verbrecher, bevor sie sich dann einen Sheriffstern anheften durften.

WERTVOLLE FOTOS

Würdest du für ein Foto, auf dem ein Bandit zu sehen ist, mehrere Millionen Euro ausgeben? 2010 hat jemand zufällig ein Foto aus dem Jahr 1878 entdeckt, auf dem Billy the Kid beim Krocketspielen zu sehen ist. Nach jahrelangen Untersuchungen kamen Experten zu dem Schluss, dass das Bild tatsächlich den Revolverhelden zeigt. Der Wert des Fotos wird auf fünf Millionen Dollar geschätzt. Erst ein paar Jahre vorher hatte jemand das bis dahin einzige bekannte Foto aus dem Jahr 1880 von Billy the Kid für 2,3 Millionen Dollar gekauft.

Gerichtsgebäude und Gefängnis in Lincoln

DER TOD VON BILLY THE KID

Nach dem Ende des Lincoln-County-Krieges befand sich Billy the Kid drei Jahre lang auf der Flucht. Seine Begnadigungsversuche waren alle erfolglos, obwohl er wohl nicht ungesetzlicher war als viele andere, die begnadigt wurden. 1881 wurde er vom Sheriff Pat Garrett festgenommen. Billy the Kid gelang zwar die Flucht, doch nach einigen Monaten wurde er von Garrett erneut aufgespürt und angeblich erschossen. Jahre nach Billys „offiziellem" Tod behaupteten verschiedene Männer, sie seien in Wahrheit Billy the Kid. Ob der Bandit wirklich weitergelebt hat, konnte nie eindeutig bewiesen werden.

Sheriff Pat Garrett

DER WEG ZUR LEGENDE

Nach dem Tod Billy the Kids verfasste Pat Garrett (1850–1908) zusammen mit einem Journalisten ein Buch über das Leben des Revolverhelden. Garret war es auch, der Billy 21 Morde anhängte – für jedes Lebensjahr einen. Niemand weiß, was in diesem Buch Wirklichkeit und was Dichtung ist. Denn Garret war zunächst selber ein Halunke, bevor er Sheriff wurde. Vielleicht wollte er sich nur selbst ins gute Licht rücken.

WIE ENTSTEHT EIN PHANTOMBILD?

LEIDER KOMMT ES IMMER WIEDER VOR, DASS BEI EINEM VERBRECHEN DER TÄTER ENTKOMMT. DANN IST DIE POLIZEI GEFRAGT, ALLEN SPUREN UND HINWEISEN NACHZUGEHEN, UM DEN VERBRECHER ZU FINDEN. BESTIMMT HAST DU SCHON MAL EIN PHANTOMBILD VON JEMANDEM IM FERNSEHEN ODER IN DER ZEITUNG GESEHEN. DAS IST EINE METHODE, MIT DEREN HILFE DIE POLIZEI SCHON VIELE STRAFTÄTER AUFSPÜREN KONNTE. DOCH WIE ENTSTEHT DAS PHANTOMBILD EINES MENSCHEN?

VORAUSSETZUNG

Damit ein Phantombild entstehen kann, braucht man natürlich einen Täter und einen oder mehrere Zeugen, die ihn gesehen haben. Ein speziell ausgebildeter Phantombildzeichner entwirft das Bild am Computer.

EIN KURZER BLICK

Je tragischer oder heftiger eine Situation ist, die Menschen erlebt haben, umso besser können sie sich daran erinnern. Wenn etwas sehr Außergewöhnliches und Beängstigendes passiert, sind die menschlichen Sinne besonders auf Wahrnehmung gestellt. Selbst wenn das Opfer den Täter dann nur kurz sieht, kann es sich deshalb oft genau an sein Aussehen erinnern.

DER TATVERLAUF

Zunächst schildert der Zeuge oder sogar das Opfer die Situation, also was genau passiert ist. Das kann sehr unangenehm für die entsprechende Person sein. Aber es ist sehr wichtig, da dabei oftmals bedeutende Merkmale des Verbrechers zum Vorschein kommen. Diese können helfen, ein genaueres Bild vom Täter zu erstellen.

DIE ERSTEN SCHRITTE

Der Phantombildzeichner versucht dann mithilfe der Angaben der Zeugen, das Bild am Computer zu erstellen. Das ist ein langwieriger Prozess, wie du dir sicher vorstellen kannst. Der Zeichner beginnt zunächst mit der Kopfform und den Haaren. Dafür und für alle anderen Merkmale des Gesichts benutzt er einen sogenannten digitalen Baukasten. Der Phantombildzeichner kann aus vielen verschiedenen Vorlagen für beispielsweise Frisuren und Kopfformen auswählen. Sind die Haare lang oder kurz, hatte der Täter eine Glatze? Es müssen viele Fragen beantwortet werden, um den Täter möglichst genau abbilden zu können.

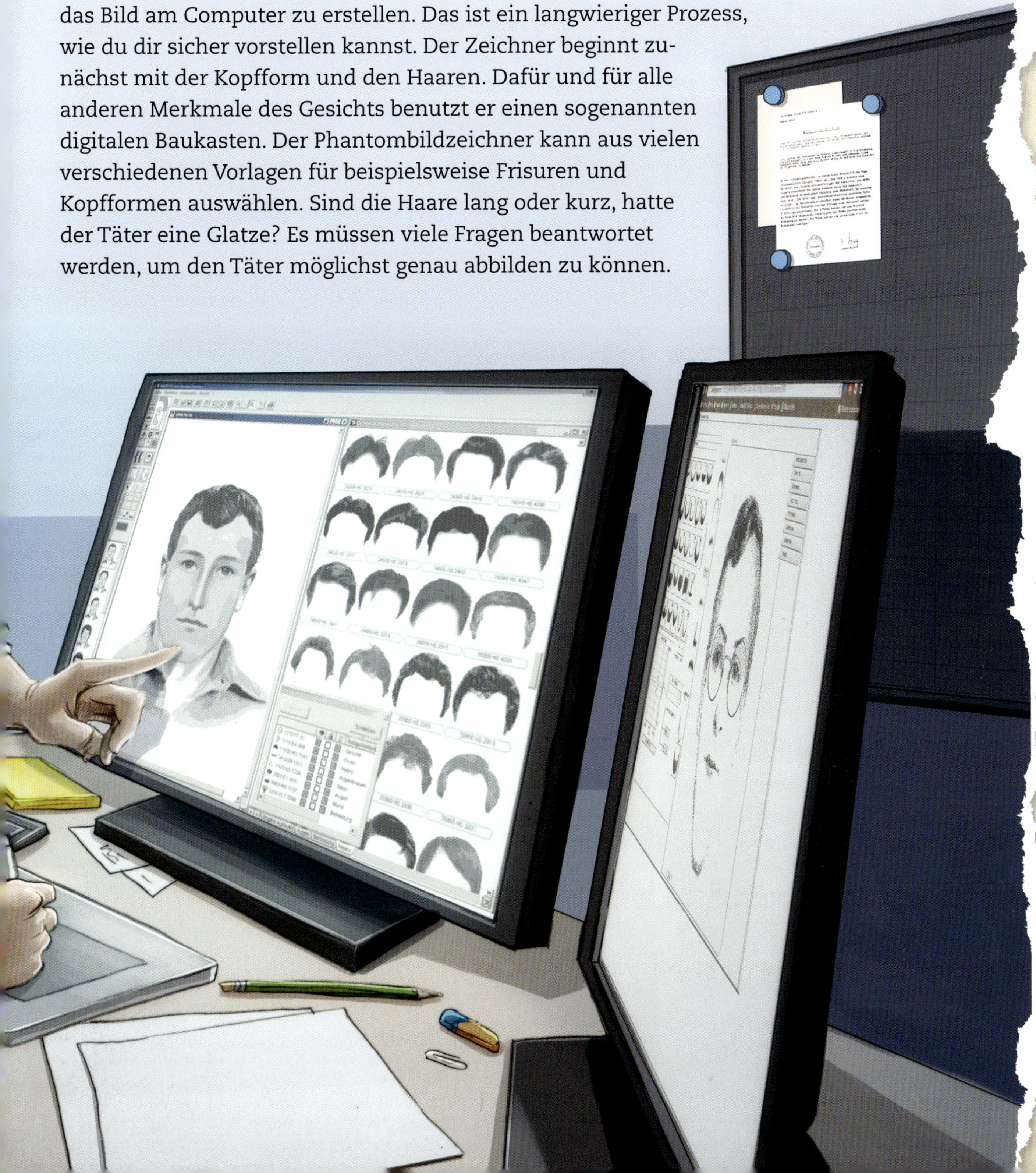

DETAILARBEIT

Hat sich der Zeuge für die Kopfform und die Frisur entschieden, die mit der des Täters übereinstimmt, geht diese Arbeit von vorn los: für die Augen, die Augenbrauen, die Nase, die Ohren, den Mund und gegebenenfalls den Bart oder die Brille. Wieder greift der Zeichner für die einzelnen Gesichtsmerkmale auf Vorlagen im Computer zurück und fertigt Schritt für Schritt das Phantomgesicht an. Den letzten Schliff bekommt das Gesicht von Hand. Vielleicht hat der Gesuchte noch eine Narbe oder das Kinn hängt etwas schief?

WIE ENTSTAND FRÜHER EIN PHANTOMBILD?

Bevor es unsere heutige Computersoftware gab, die viele verschiedene Gesichtsmerkmale zur Auswahl anbietet, wurden Phantombilder mithilfe der Zeugenaussagen von geschulten Zeichnern mit Stift und Papier erstellt. Kannst du dir vorstellen, wie mühsam das war und wie oft der Radiergummi zum Einsatz kam? Danach gab es Folien mit verschiedenen Gesichtsmerkmalen, die nach Aussagen von Zeugen aufeinandergelegt wurden, sodass ein Bild entstand.

SUCHE NACH VERMISSTEN

Phantombilder dienen nicht nur dazu, um Straftäter zu überführen, sondern auch um vermisste Personen wiederzufinden. Erfahrene Zeichner können sogar die gesuchten Personen „altern" lassen. Existiert beispielsweise nur ein altes Foto von einer seit Jahren vermissten Person, kann der Experte ein Bild von dem Vermissten erstellen, wie er heutzutage aussehen könnte. Spezialisten können auch Phantombilder von Toten erstellen, und das sogar dann, wenn die Leiche schon verwest und damit das Gesicht nicht mehr erkennbar ist. Der Schädel reicht aus, um ein treffendes Bild zeichnen zu können.

DNA-PHANTOMBILD

Wäre es nicht sensationell, das Phantombild eines Täters zu erstellen, selbst wenn ihn kein Zeuge gesehen hat? Für ein DNA-Phantombild könnten die genetischen Spuren ausreichen, die ein Verbrecher am Tatort hinterlässt, zum Beispiel ein Haar oder Speichel an der Flasche. Die Wissenschaftler sind in den Anfängen und können schon einige Gesichtszüge von Menschen anhand von bestimmten Genen ableiten. Doch um ein verlässliches DNA-Phantombild zu erstellen, müssen die Experten noch weiterforschen.

WAS MACHT DAS FBI?

AUS AMERIKANISCHEN KRIMIS KENNST DU BESTIMMT DIESE SZENE: MIT QUIETSCHENDEN REIFEN HÄLT EIN AUTO, BLITZSCHNELL ÖFFNEN SICH DIE TÜREN UND ZWEI AGENTEN STÜRZEN MIT SCHUSSWAFFEN HERAUS. „STEHEN BLEIBEN, KEINE BEWEGUNG, FBI!“ WAS SO AUFREGEND UND GEFÄHRLICH AUSSIEHT, IST IN WIRKLICHKEIT HARTE ARBEIT. HIER ERFÄHRST DU, WIE ES BEIM FBI ZUGEHT UND WELCHE AUFGABEN ES HAT.

Edgar Hoover war der erste FBI-Direktor.

WAS IST DAS FBI?

Das *Federal Bureau of Investigation*, kurz FBI genannt, ist die Bundespolizei der Vereinigten Staaten von Amerika. Seine Mitarbeiter ermitteln gegen mehr als 200 verschiedene Arten von Verbrechen, zum Beispiel Drogenhandel, Terrorismus, Internet- und Computerkriminalität, Gewaltverbrechen, Kunstraub oder Wirtschaftskriminalität.

DIE ANFÄNGE

Das FBI wurde 1908 mit über 30 Agenten unter dem Namen *Bureau of Investigation* gegründet. Den heutigen Namen FBI erhielt die Behörde 1935. Seinen Hauptsitz hat das FBI seit der Gründung in Washington D. C., der Hauptstadt der USA.

INLANDSGEHEIMDIENST

Die innere Sicherheit der USA zu schützen, ist ebenfalls Aufgabe des FBI. Der Inlandsgeheimdienst versucht, Verbrechen aufzudecken, bevor die Täter sie ausführen. Vor allem kümmert sich das FBI dabei um Straftaten, die gegen den eigenen Staat gerichtet sind. Seit den Terroranschlägen vom 11. September 2001 ist die Inlandsspionage eine besondere Herausforderung.

Das Zeichen des FBI an der Fassade des J. Edgar Hoover Buildings in Washington D.C.

FBI UND CIA

Wie du weißt, ist das FBI als Bundespolizei für die Verbrechensbekämpfung und als Inlandsgeheimdienst für die Abwehr von Spionage gegen die USA zuständig. Im Gegensatz dazu ist die berühmte Central Intelligence Agency, kurz CIA genannt, der Auslandsgeheimdienst der USA. Um Informationen über feindliche Länder zu bekommen, setzt die CIA Spione in der ganzen Welt ein. So bekämpft die CIA auch den internationalen Terrorismus außerhalb der Vereinigten Staaten. Wie viele Mitarbeiter für diese Behörde im Einsatz sind, ist natürlich streng geheim.

WIE GROSS IST DAS FBI?

Neben den Büros im Hauptsitz Washington D. C. verfügt das FBI über Sitze in vielen verschiedenen Groß- und Kleinstädten der USA. Ebenso findest du über 60 Zweigstellen des FBI in anderen Ländern. Knapp 35.000 Mitarbeiter stehen im Dienst der Behörde. Nicht nur die Spezialagenten gehören dazu, das FBI ist auch Arbeitgeber für Übersetzer, Mathematiker, Computerspezialisten, Psychologen, Juristen oder Chemiker.

SKANDAL

Selbst einer berühmten Institution wie dem FBI unterlaufen Fehler – hättest du das gedacht? Wie Untersuchungen in den letzten Jahren ergeben haben, wurden einige vermeintliche Kriminelle zu Unrecht verurteilt. In den letzten Jahrzehnten soll es häufiger zu falschen Ergebnissen bei DNA-Analysen von Haarproben gekommen sein. Aufgrund der fehlerhaften Auswertung von Haaruntersuchungen sollen sogar Menschen zum Tode verurteilt worden sein.

WIE WIRST DU SPEZIALAGENT BEIM FBI?

Die Grundvoraussetzung für eine Karriere als FBI-Spezialagent ist die amerikanische Staatsbürgerschaft. Doch das ist nicht die einzige Anforderung für diesen begehrten Job. Bewerben können sich nur 23- bis 37-Jährige, die über ein abgeschlossenes Hochschulstudium, drei Jahre Berufserfahrung, einen Führerschein und körperliche Fitness verfügen. Die anschließenden Eignungstests und die Ausbildung zum Agenten gelten als besonders anspruchsvoll.

TOP-TEN-LISTE

Seit 1950 erstellt und veröffentlicht das FBI eine Fahndungsliste der zehn meistgesuchten Flüchtigen. Um als Verbrecher auf diese Fahndungsliste zu kommen, muss der Flüchtige ein sehr schweres Verbrechen begangen haben und als Bedrohung für die Allgemeinheit eingestuft werden. Dank Hinweisen aus der Bevölkerung wurden seitdem viele Gangster gefasst, die auf der Liste waren. Mittlerweile gibt das FBI zusätzlich eine weitere Liste für die meistgesuchten Terroristen heraus.

WELCHE VERSCHLÜSSELUNGS-TECHNIKEN GIBT ES?

FINDEST DU NICHT AUCH, DASS EINIGE MITTEILUNGEN ODER INFORMATIONEN NUR FÜR DIE AUGEN ODER OHREN GANZ BESTIMMTER PERSONEN GEEIGNET SIND? WENN DU EINER FREUNDIN ODER EINEM FREUND EIN GEHEIMNIS ANVERTRAUEN MÖCHTEST, SOLL NATÜRLICH NIEMAND DAVON ERFAHREN. WIE DU DAS ANSTELLST UND WARUM ES WICHTIG IST, DASS ES VERSCHLÜSSELUNGEN GIBT, ERFÄHRST DU HIER.

CÄSAR-VERSCHLÜSSELUNG

Bereits der römische Feldherr Cäsar (100–44 vor Christus) soll seine Nachrichten verschlüsselt haben. Bei der sogenannten „Cäsar-Verschlüsselung“ benutzt du den Buchstaben, der im Alphabet drei Stellen nach dem Buchstaben kommt, den du eigentlich verwenden wolltest. A wird zu D, B zu E, C zu F und so geht es weiter, bis du bei Z bist, das zu C wird. JDQC HLQIDFK!

Chiffrierscheibe der „Cäsar-Verschlüsselung“

ATBASH

Eine weitere Verschlüsselungstechnik für schriftliche Nachrichten ist Atbash. Diese ist jüdischen Ursprungs und du kannst sie gut mithilfe einer Tabelle benutzen: Einfach das Alphabet rückwärts verwenden, aus A wird Z.

A	B	C	D	E	F	G	H	I	J	K	L	M	N	O	P	Q	R	S	T	U	V	W	X	Y	Z
Z	Y	X	W	V	U	T	S	R	Q	P	O	N	M	L	K	J	I	H	G	F	E	D	C	B	A

VRMV TFGV RWVV, LWVI?

EINE GUTE IDEE, ODER?

WAS IST EINE SKYTALE?

Die Skytale ist eine der ältesten bekannten Verschlüsselungsmethoden. Vor über 2500 Jahren wurden damit geheime militärische Informationen im alten Griechenland übermittelt. Ein Stab wurde der Länge nach mit einem Streifen Leder oder Papyrus umwickelt. Darauf hat der Absender dann die geheime Nachricht geschrieben. Anschließend wurde der Streifen wieder abgewickelt, sodass die Buchstaben für Nichtbeteiligte willkürlich angeordnet schienen, und zum Empfänger gebracht. Dieser hatte einen Stab mit genau dem gleichen Durchmesser wie der Absender. Wickelte der Adressat nun den Streifen darauf, konnte er den Text lesen.

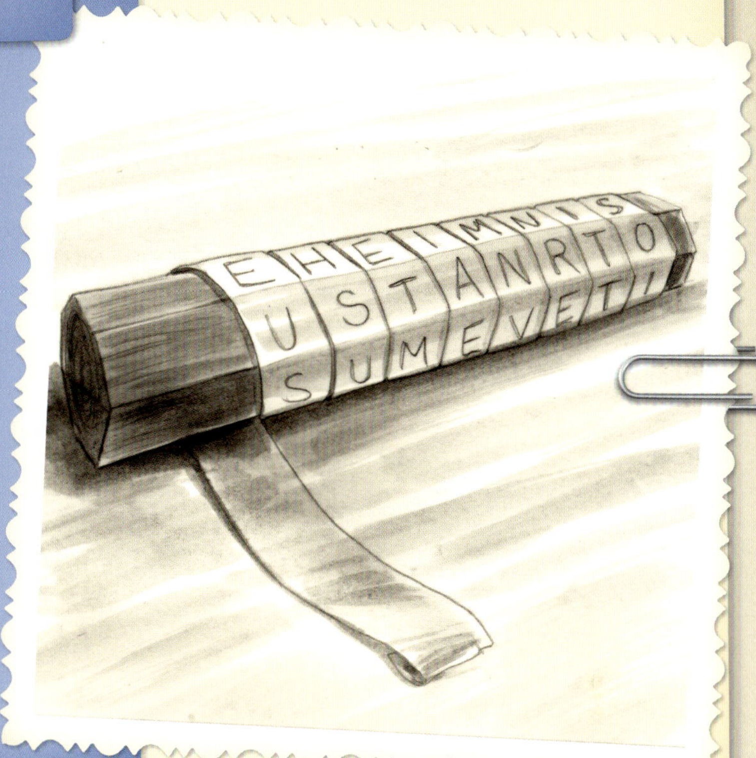

UNSICHTBARE SCHRIFT

Du kannst geheime Nachrichten nicht nur verschlüsseln, sondern sie auch unsichtbar machen. Schreib dazu etwas mit einem Pinsel, den du vorher in Zitronensaft, Essig oder Zwiebelsaft tauchst, auf ein weißes Blatt Papier. Trocknet die Tinte, wird sie unsichtbar. Zum Entschlüsseln musst du das Papier nur an eine Glühlampe halten. Wenn es sich erwärmt, wird die geheime Botschaft sichtbar.

MORSEALPHABET

Im Morsecode werden die Buchstaben unseres Alphabets durch Striche und Punkte dargestellt. Mithilfe eines Morseapparats können diese Zeichen als Tonsignal an einen Empfänger übermittelt werden. Dieses Alphabet geht auf den Amerikaner Samuel Morse (1791–1872) zurück und ist international bekannt. Wenn du die Regeln lernst, kannst auch du das Morsen verstehen.

GEHEIMSPRACHEN

Du kannst wichtige Informationen nicht nur schriftlich, sondern auch mündlich verschlüsseln, indem du eine Geheimsprache benutzt. Auch bei dieser Art der Kommunikation gilt, dass Sender und Empfänger den „Schlüssel" kennen. So wird aus einer Nachricht mithilfe eines bestimmten Codes eine Geheimbotschaft, die der Empfänger entschlüsseln kann. Geheimsprachen sind bei Kindern besonders beliebt, beispielsweise die Bebe-Sprache. Nach jedem Vokal wird ein „b" eingefügt und dann der Vokal wiederholt: „Aballebes veberstabandeben?"

INTERNET-VERSCHLÜSSELUNGEN

Wenn du im Internet mit deinen Freunden chattest oder deine Eltern ihre Bankgeschäfte am Computer erledigen, möchtet ihr vermutlich nicht, dass andere Leute die privaten Daten lesen oder Zugang zum Bankkonto erhalten. Auch dafür gibt es Verschlüsselungen, die Unbefugten den Zugriff auf persönliche Informationen nahezu unmöglich machen. Dahinter stehen komplizierte mathematische Rechenverfahren.

WAS IST KRYPTOLOGIE?

Die Kryptologie ist die Wissenschaft der Verschlüsselung von Informationen. Der Begriff Kryptologie stammt aus dem Griechischen. In ihm stecken die Wörter kryptos, *das „geheim" oder „verborgen"* bedeutet, und logos, *das mit „Wort" übersetzt wird. Geheimschriften, Geheimsprachen und andere Verschlüsselungstechniken fallen unter diesen Ausdruck.*

WER WAR ROBIN HOOD?

DU HAST BESTIMMT SCHON EINMAL VON ROBIN HOOD GEHÖRT ODER EINEN FILM ÜBER IHN GESEHEN. ER IST BERÜHMT DAFÜR, EIN „GUTER" RÄUBER ZU SEIN, DENN ER STIEHLT NUR VON DEN REICHEN UND VERTEILT DIE BEUTE DANN UNTER DEN ARMEN. EINE TOLLE GESCHICHTE, DOCH HAT ES IHN WIRKLICH GEGEBEN?

NUR EIN AUSDRUCK FÜR „DIEB"

Hood ist der englische Begriff für „Kapuze", du hast wahrscheinlich auch ein *hoodie* im Kleiderschrank. Robin war früher in England ein sehr beliebter Vorname, der vermutlich von Robert abstammt. Der Begriff „Robin Hood" setzte sich schließlich als Bezeichnung für einen gewöhnlichen Dieb durch, denn die Langfinger versteckten sich gerne unter einer großen Kapuze. Doch wie kam es dazu, dass dieser Name auf unseren Helden übertragen wurde?

ROBIN HOOD ALS FILM- UND SERIENHELD

Sicherlich kennst du Robin Hood aus Filmen im Fernsehen. In der modernen Popkultur wird er meistens als Zeitgenosse und Unterstützer von König Richard Löwenherz (1157–1199) dargestellt, der im späten 12. Jahrhundert regierte. Dort wird Robin oft durch den intriganten Bruder des Königs, Prinz John (1166–1216), in die Gesetzlosigkeit gezwungen. Während der König auf einem Kreuzzug weilt, kämpft Robin tapfer gegen die Ungerechtigkeit des Bruders und dessen Schergen.

ANFÄNGE DER LEGENDE

Wahrscheinlich wird man nie herausfinden, wer der wirkliche Robin Hood war. Manche Forscher vermuten, dass Baron Fulk FitzWarin eines der Vorbilder für die sagenhafte Figur Robin Hoods war, da er als Geächteter der Anführer einer Bande war. Doch es gibt einfach zu viele Theorien und später, als die Legenden bereits in ganz England verbreitet waren, auch viele Nachahmer, die den berühmten Namen zur Tarnung annahmen.

ROBINS GROSSARTIGE BANDE

Im 13. und 14. Jahrhundert waren die Wälder Englands voll von Menschen, die „Geächtete" genannt wurden. Wer sich zu dieser Zeit den Unmut des Königs zuzog, sei es durch ein Verbrechen oder Auflehnung gegen die Obrigkeit, verlor sämtliche Rechte und der König konnte mit dieser armen Person tun, was er wollte. Laut vieler Legenden war Robin Hood selbst einer dieser Herumziehenden, dem König auf Leben und Tod ausgeliefert. Er soll sich mit einer ganzen Bande von Geächteten umgeben haben.

VOM BÖSEWICHT ZUM HELDEN

In den ersten Balladen (poetischen Liedern) über Robin Hood wird dieser nicht etwa als Held, sondern als jähzornig und gewalttätig beschrieben. Auch davon, dass er Reiche bestiehlt und Armen gibt, ist keine Rede. Erst später sind Geschichten dokumentiert, in denen er einen armen Ritter unterstützt und mittellosen Reisenden helfen will. Im Laufe der Jahrhunderte wurde die Geschichte immer wieder geändert und erweitert. Zum Helden und „Retter der Enterbten" wurde Robin Hood endgültig, als die Geschichte im 19. Jahrhundert für Kinder neu verfasst wurde.

Robin-Hood-Denkmal vor dem Schloss in Nottingham

ROMANTISCHE LIEBE

Aus Büchern und Filmen kennst du bestimmt auch die Herzensdame Robin Hoods, die holde Maid Marian. Die Herkunft dieser Figur ist ebenfalls unklar. Ursprünglich war Marian eine Repräsentantin des Maifeiertages. Einige Forscher sehen in ihr auch eine Personifikation der Jungfrau Maria. In manchen Geschichten war Marian eine einfache Schäferin, erst später wurde sie als Edelfrau beschrieben. Die meisten Beschreibungen Marians stellen sie jedoch als aufrichtige, etwas rebellische Kämpferin dar.

VIELE, VIELE ROBINS

Der Schriftsteller Martin Parker (1600–1656) hat im 17. Jahrhundert eine Ballade über Robin Hood geschrieben. Er nannte sie die „Wahre Geschichte über Robin Hood". Seine Figur des mutigen Räubers ist Robert, Earl of Huntington, der bis 1198 gelebt haben soll. Der Autor hatte den Namen auf einem Grabstein gelesen. Allerdings gibt es zahlreiche Autoren, die andere Meinungen vertreten: Als Vorbilder für Robin Hood werden Robert Loxley, Robert Hood aus Wakefield oder Robert Hod aus York beschrieben.

TRAGISCHER TOD DURCH DIE EIGENE TANTE

Die meisten Versionen stellen den Tod Robin Hoods ähnlich da: Krank und auf der Flucht vor dem Sheriff von Nottingham, kam er zum Kloster Kirklees in West Yorkshire. Seine Tante, die dort Vorsteherin war, ließ ihn zur Ader. Das bedeutete, dass Kranken Blut abgezapft wurde, um es zu reinigen. Die Tante entnahm zu viel Blut und einige Quellen meinen, dass sie dazu von einem Gegner Robins überredet wurde. Davon geschwächt verstarb der Meisterschütze.

GRABSTEIN

In der Nähe des ehemaligen Klosters Kirklees, im heutigen Kirklees Park, befindet sich angeblich Robin Hoods Grab. Wenn du einmal eine Reise nach England machst und nach West Yorkshire kommst, kannst du es besichtigen. Laut mehrerer Geschichten soll Robin Hood vom Kloster aus einen Pfeil abgeschossen haben, der die Grabstelle bestimmte. Allerdings war das Kloster so weit vom angeblichen Grab entfernt, dass das kein Mensch schaffen dürfte.

UNGLAUBLICHE PHÄNOMENE DER NATUR

DIE NATUR STECKT VOLL WUNDERBARER GEHEIMNISSE. VIELE LEBEWESEN, DIE ES SCHON SEIT LANGER ZEIT AUF DER ERDE GIBT, GEBEN UNS IMMER NOCH RÄTSEL AUF UND SIND FASZINIEREND ZUGLEICH. WEISST DU, WAS PFLANZEN ALLES KÖNNEN UND MIT WELCHEN UNGLAUBLICHEN EIGENSCHAFTEN TIERE AUSGESTATTET SIND?
DIE SCHÖNHEIT UND DIE VIELFALT DER NATUR SIND GRENZENLOS. WARUM DINOSAURIER AUSGESTORBEN SIND UND OB ES RIESENKRAKEN WIRKLICH GIBT – DAS UND VIELES MEHR ERFÄHRST DU HIER.

WAS IST DAS MEERESLEUCHTEN?

HAST DU IN EINER LAUEN SOMMERNACHT SCHON EINMAL AM STRAND GESTANDEN UND BEOBACHTET, WIE DAS MEER PLÖTZLICH LEUCHTET? WAS DIR SICHER UNGLAUBLICH UND GEHEIMNISVOLL VORKAM, IST TATSÄCHLICH MÖGLICH. DOCH WIE KOMMT ES DAZU, DASS DAS WASSER IM DUNKELN BLAUGRÜN SCHIMMERT?

WIE KANN WASSER LEUCHTEN?

Genau genommen ist es nicht das Meer, welches leuchtet, sondern es sind winzige Lebewesen, die zu den Lichterscheinungen führen. Diese Mikroorganismen kannst du einzeln mit bloßem Auge gar nicht erkennen. Erst wenn sie in großer Zahl auf engem Raum auftreten – etwa eine Million von ihnen pro Liter –, kannst du das Naturschauspiel bewundern.

ALGEN

Die Kleinstlebewesen, die für das Meeresleuchten verantwortlich sind, gehören zu den Algen. Es sind die sogenannten Dinoflagellaten, die meistens nur aus einer Zelle bestehen. Dinoflagellaten gehören zum Phytoplankton (pflanzliches Plankton) und sind in allen Ozeanen der Welt zu finden.

GUTE VORAUSSETZUNGEN

Wie du schon weißt, müssen die Algen in Massen im Oberflächenwasser treiben. Da sie durch äußere Reize, also durch Bewegung, angeregt werden zu leuchten, kannst du sie gut in der Brandung beobachten. Auch durch Schwimmbewegungen kannst du Einzeller zum Schimmern anregen. Erwiesen ist auch, dass die Algen bei Nacht stärker leuchten, wenn die Sonneneinstrahlung tagsüber sehr intensiv war.

WARUM LEUCHTEN DIE ALGEN?

Diese Frage beschäftigt seit Langem die Wissenschaftler. Doch leider gibt es keine eindeutige Antwort. Die Vermutung, dass die Algen dadurch Fressfeinde abschrecken wollen, konnte bislang noch nicht vollständig bewiesen werden. Laut anderen Forschern locken die Dinoflagellaten mit ihrem Leuchten Fische an, damit diese Krebse und andere Feinde der Algen besser jagen können.

BIOLUMINESZENZ

Wenn Lebewesen wie Algen oder auch Tiere Licht erzeugen, nennt man das Biolumineszenz. Der Begriff kommt aus dem Lateinischen und beinhaltet das Wort lumen, was „Licht“ bedeutet.

Sogenannte Dinoflagellaten sind für das Meeresleuchten verantwortlich.

WIE DAS LICHT ENTSTEHT

Das Aufleuchten der Algen entsteht durch eine chemische Reaktion. Die chemische Verbindung Luciferin, der Leuchtstoff der Algen, reagiert mit Luciferase (einem Enzym). Dabei nimmt es Sauerstoff auf und erzeugt Energie. Diese Energie wird in Form von Licht abgegeben, wobei allerdings kaum Wärme entsteht. Anders ist es beispielsweise bei der Glühbirne, die durch Erhitzen zum Leuchten gebracht wird. Den Vorgang, dass Algen die zusätzliche Energie fast nur als Licht abgeben, nennt man „kaltes Licht".

WO KANNST DU DAS MEERESLEUCHTEN BEWUNDERN?

Im Prinzip kannst du das Naturschauspiel überall im Salz- und Brackwasser beobachten, wenn die Voraussetzungen günstig sind, beispielweise an der Nord- und Ostsee. In verschiedenen Regionen der Erde ist das Nährstoffangebot für die Algen besonders förderlich. Daher hast du bei einer Reise an die Küste Kaliforniens, Puerto Ricos, Australiens oder auf die Malediven eine große Chance, dieses Phänomen zu bestaunen.

TIEF IM WASSER

Da sich die Algen an der Wasseroberfläche befinden, kannst du ihr Licht im Dunkeln gut erkennen. Doch in den Tiefen des Meeres gibt es weitere Lebewesen, die Licht erzeugen können. Viele Fische, Krebs- und Weichtiere nutzen diese Fähigkeit, um Partner oder Beute anzulocken oder sich vor Feinden zu schützen.

LEUCHTPILZ

Nicht nur Meerestiere fungieren als Lichtquelle, es gibt auch Pilze, die Licht ausstrahlen. Forscher entdecken immer neue Arten und glauben, dass diese Leuchtpilze mit dem Licht Insekten anlocken. Die Insekten verteilen Sporen der Pilze, sodass sie sich weiter ausbreiten können.

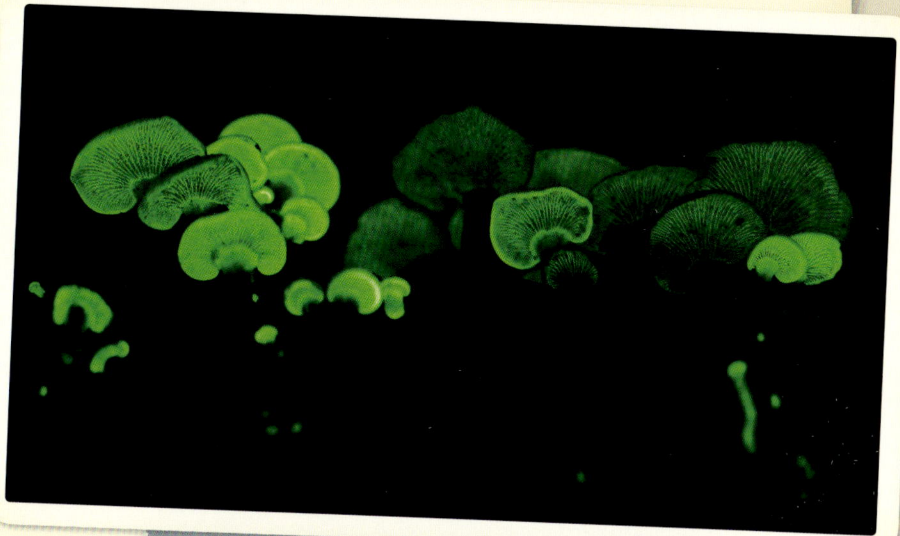

Im Dunkeln leuchtende Pilze

GLÜHWÜRMCHEN

In einer lauen Sommernacht hast du ihn bestimmt schon einmal im Garten aufblinken gesehen: den Glühwurm. Eigentlich ist er gar kein Wurm, sondern gehört zu den Käfern. Er ist das bekannteste Tier, das Licht erzeugen kann. Sein Leuchtorgan befindet sich im Hinterleib und dient dazu, einen Partner anzulocken.

Glühwürmchen können Licht erzeugen.

WARUM SIND DIE DINOSAURIER AUSGESTORBEN?

KANNST DU DIR VORSTELLEN, DASS ES SCHON 65 MILLIONEN JAHRE HER IST, SEIT ES DIE LETZTEN DINOSAURIER GAB? ZUM VERGLEICH: MENSCHEN ENTWICKELTEN SICH ERST SEIT ETWA ZWEI MILLIONEN JAHREN. DER GRUND FÜR DAS PLÖTZLICHE VERSCHWINDEN DER RIESENECHSEN BIETET AUCH HEUTE NOCH GRUND FÜR SPEKULATIONEN.

HERRSCHER FÜR MILLIONEN JAHRE

Mehr als 160 Millionen Jahre beherrschten die riesigen Echsen die Erde, um dann in ihrer Blütezeit auszusterben: Tyrannosaurus Rex, Triceratops und andere Giganten gab es nicht mehr. Doch auch schon vorher verschwanden andere Dinosaurierarten von der Bildfläche. Während des sogenannten Erdmittelalters starben beispielsweise die Stacheldinosaurier aus, etwa 60 Millionen Jahre vor den letzten Dinosaurierarten.

DER SUPERKONTINENT PANGÄA

Vor etwa 250 Millionen Jahren, als die ersten Dinosaurier auftauchten, sah unsere Erde noch völlig anders aus. Es gab keine sieben verschiedenen Kontinente, sondern einen einzigen, riesigen Superkontinent mit dem Namen Pangäa. Deshalb gibt es Dinosaurierfunde von einer Art in verschiedenen Kontinenten.

Fossilienfund

PLÖTZLICHES MASSENAUSSTERBEN

Im Laufe der Erdgeschichte gab es mehrere Massenaussterben, bei denen jeweils fast die Hälfte aller Arten ausstarben. Am bekanntesten ist dabei das Aussterben der Dinosaurier, doch mit ihnen verschwanden auch andere Tier- und Pflanzenarten. Nur die Flugsaurier blieben, unsere heutigen Vögel sind ihre Nachfahren. Über die Ursachen für dieses Aussterben gibt es verschiedene Theorien.

Meteoriteneinschlag

HAT EIN METEORIT DIE ERDE VERWÜSTET?

Viele Experten gehen davon aus, dass ein Asteroid oder Meteorit die Erde getroffen und dadurch verwüstet hat. Durch den Einschlag sei so viel Staub aufgewirbelt worden, dass sich die Erde verdunkelte und abkühlte. Das habe zu einem Sterben der Pflanzen geführt, wonach zunächst die Pflanzenfresser und dann auch die Fleischfresser ausgestorben seien. Gegen diese Theorie spricht, dass andere Arten, die es damals schon gab, überlebt haben, zum Beispiel Krokodile, Schildkröten und Eidechsen.

MASSIVE VULKANAUSBRÜCHE

Andere Forscher vermuten, dass heftige Vulkanausbrüche zu einer Verdunkelung der Erde geführt haben könnten. Demnach sei das Ausschleudern von Asche und Gestein und giftigen Gasen für Dunkelheit und damit für ein Absinken der Temperatur verantwortlich gewesen. Das Aussterben von Pflanzen- und Tierarten sei die Folge gewesen. Auch hier stellt sich wieder die Frage, warum nur bestimmte Arten ausgestorben sind.

Vulkanausbruch

GEFRÄSSIGE RÄUBER

Wiederum eine andere Theorie besagt, dass die damals beginnende Entwicklung der Säugetiere zum Dinosauriersterben beigetragen hat. Diese kleinen, oftmals fleischfressenden Räuber könnten die Eier der Dinosaurier gefressen haben.

WINZIGE BAKTERIEN ALS DINOKILLER?

Amerikanische Wissenschaftler haben einen Zusammenhang zwischen einem Massensterben verschiedener Arten und einem massenhaften Autreten von Cyanobakterien festgestellt. Diese sondern Giftstoffe ab, die Experten für das Aussterben mitverantwortlich machen. Das belegen sie auch damit, dass die Dinosaurier nicht auf einen Schlag verschwanden, wie es ein kosmischer Einschlag nahelegen würde.

UNTERSUCHUNGSMETHODEN

Um herauszufinden, was im Laufe der Erdgeschichte passiert ist, untersuchen Wissenschaftler die Gesteinsschichten der Erde. Mit ihnen lassen sich durch Ablagerungen verschiedener Elemente, Mineralien und versteinerter Tiere (Fossilien) die verschiedenen Erdzeitalter bestimmen. Man hat auch viele Dinosaurierknochen gefunden, womit ihr Aussehen nachvollzogen werden kann.

HITZEPERIODE

Eine andere Theorie besagt, dass es auf der Erde eine Hitzeperiode gab. Die hätte dazu geführt, dass die Dinosaurier sich nicht mehr vermehren konnten. Geht man davon aus, dass diese sich so wie Krokodile fortpflanzten, bestimmt die Temperatur, ob in einem Ei ein männliches oder ein weibliches Tier heranwächst. Bei mehr Wärme entstehen nur männliche Tiere und ohne Weibchen gibt es keinen Nachwuchs. Da die Vorfahren der Krokodile allerdings überlebten, ist diese Theorie eher unwahrscheinlich.

LANGSAMES AUSSTERBEN

Es wäre auch möglich, dass mehrere Auslöser für das Aussterben der riesigen Echsen zusammenkamen. Durch Erdverschiebungen ist der Superkontinent auseinandergedriftet und dadurch veränderte sich das Klima. Das zieht immer eine Veränderung der Tier- und Pflanzenwelt nach sich. Die Dinosaurier könnten in der Folge nicht mehr genug Nahrung gefunden haben. Eine Katastrophe wie ein Asteroideneinschlag oder Vulkanausbruch könnte schließlich der letzte Auslöser für das Aussterben gewesen sein.

FÜHREN PFLANZEN EIN VERBORGENES LEBEN?

SICHERLICH HAST DU SCHON EINMAL VON DEN FLEISCHFRESSENDEN PFLANZEN GEHÖRT, DIE LEBENDE TIERE FANGEN UND VERSPEISEN. DOCH ES GIBT NOCH MEHR UNGLAUBLICHE PFLANZEN WIE BEISPIELSWEISE DEN LEBERWURSTBAUM! UND AUCH ALLTÄGLICHE PFLANZEN WIE DIE BRENNNESSEL HABEN IHRE GEHEIMNISSE.

FLEISCHFRESSENDE PFLANZEN

Du irrst gewaltig, wenn du glaubst, dass Pflanzen nur von Licht, Wasser und Nährstoffen der Erde leben. Tatsächlich gibt es etwa 600 Arten von fleischfressenden Pflanzen! Das ist eine ganze Menge, wenn man bedenkt, dass sich gewöhnlich Tiere von Pflanzen ernähren und nicht umgekehrt.

TRICKREICHE FALLEN

Um ihre Beute zu fangen, bedienen sich die Karnivoren verschiedener Fallen, in die die Beute mittels Duftstoffen gelockt wird: Einige haben Klappen, die sich schließen, wenn ein Insekt darin gelandet ist, andere besitzen eine klebrige Schleimschicht, aus der es kein Entrinnen gibt. Manche haben sogenannte Reusen, in die ein Insekt oder eine Spinne hineinkriecht, jedoch durch die Wuchsrichtung der feinen Härchen innen nicht mehr hinauskann. Die Gruben- und Gleitfallen, auch Kannenfallen genannt, verfügen sogar über eine Stolpereinrichtung, durch die das Tier regelrecht in die Öffnung fällt. Große Kannenfallen werden sogar Mäusen und Fröschen zum Verhängnis.

WIE KANN EINE PFLANZE EIN TIER FRESSEN?

Fleischfressende Pflanzen verfügen über die Möglichkeit, Tiere zu fangen. Sie sind zum Beispiel so klebrig, dass Insekten an ihnen hängen bleiben, oder verfügen über Schnappfallen. Einmal in der Falle, wird das Tier unter anderem von den Verdauungssäften der Pflanze zersetzt. Das so entstandene Gemisch wird dann als Nahrung aufgenommen. In der Fachsprache heißen diese Pflanzen Karnivoren (vom lateinischen Wort carnis = „Fleisch“).

WARUM FRESSEN PFLANZEN TIERE?

Fleischfressende Pflanzen wachsen oft in Gegenden, in denen der Boden nicht genug Nährstoffe für sie hergibt. So zum Beispiel auf Sand oder Felsen, in Mooren oder im dichten Dschungel. Weil ihre speziellen Blätter langsamer wachsen, suchen sie sich Orte und Nahrung, die andere Pflanzen nicht bevorzugen.

GEHEIM GEHALTENE RIESEN

Kannst du dir vorstellen, dass es Bäume gibt, die mehr als 3000 Jahre alt sind? Und die außerdem über 100 Meter hoch wachsen können und gigantische Durchmesser erreichen?
Der Umfang des *General Sherman* getauften Riesenmammutbaums in Kalifornen beträgt beispielsweise mehr als 31 Meter. Weil diese auch Sequoia genannten Riesen vor Souvenirjägern oder Vandalismus besonders geschützt werden müssen, wird ihr Standplatz oft geheim gehalten.

Der Leberwurstbaum wächst in Afrika.

GIBT ES EINEN LEBERWURSTBAUM?

Sicher hast du noch nie von einem Leberwurstbaum gehört, oder? Aber es gibt ihn wirklich! Sein botanischer Name lautet *Kigelia africana,* und wie der Name schon sagt, wächst er in Afrika. Seinen Spitznamen verdankt er seinen Früchten, die an Stielen von den Ästen baumeln und optisch an Leberwürste erinnern. Sie werden bis zu sieben Kilogramm schwer, nur große Tiere wie Elefanten und Giraffen können sie öffnen. Die Blüten des Baumes öffnen sich heimlich in der Nacht: Fledermäuse, Affen und andere Tiere erfreuen sich dann an den kohlähnlich riechenden Leckerbissen.

EINHEIMISCHE GEHEIMNISTRÄGER

Nicht nur in tropischen Gebieten in Afrika oder Amerika kannst du geheimnisvolle Pflanzen finden. Auch bei uns gibt es unscheinbare Gewächse, die eine verborgene Seite haben: Fast alle Pflanzen tragen Stoffe in sich, die Krankheiten lindern oder gar heilen können. Pfefferminze und Kamille kennst du vermutlich, aber auch Rinde von Bäumen und sogar Brennnesseln können mehr, als es auf den ersten Blick scheint.

Die Echte Kamille ist eine alte Heilpflanze.

BRENNNESSEL

Hast du dich schon einmal an einer Brennnessel verbrannt? Dann meidest du sie sicherlich. Doch dabei ist sie eine vielseitige Heilpflanze. Mit Handschuhen gepflückt, kannst du aus ihren Blättern einen schmackhaften Tee aufbrühen, der den Stoffwechsel in Schwung bringt.

PAPPEL

Bestimmt hast du schon einmal eine Pappel gesehen – ein großer, schmaler Baum, der oft in Gruppen auf Hügelketten oder am Ufer wächst. Was kaum einer weiß: Aus den Knospen der Pappel kannst du einen Tee kochen, der gegen Fieber und Entzündungen helfen kann.

WAS IST EIGENTLICH EIN PHÄNOMEN?

Das Wort stammt aus dem Altgriechischen und bedeutet so viel wie „ein sich Zeigendes“. Es bezeichnet sowohl eine Erscheinung, die du wahrnehmen kannst, als auch ein ungewöhnliches Ereignis.

GIBT ES RIESENKRAKEN WIRKLICH?

HAST DU SCHON EINMAL DIE GESCHICHTEN ÜBER RIESIGE MEERUNGEHEUER – RIESENKRAKEN – GEHÖRT, DASS SIE MIT IHREN LANGEN ARMEN SCHIFFE UMSCHLINGEN UND DIESE ZUM UNTERGEHEN ZWINGEN? HIER ERFÄHRST DU, WAS ES DAMIT AUF SICH HAT – ALLES NUR EINBILDUNG?

NUR MYTHEN?

Seit Jahrhunderten verbreiteten sich die Geschichten über riesige Seeungeheuer mit unzähligen Armen, die Menschen und Schiffe in die Tiefe des Meeres reißen. Auch in einem Abenteuerroman des bekannten französischen Schriftstellers Jules Verne (1828–1905) finden sich Schilderungen über Seekraken. Was lange Zeit nur Legenden oder Seemannsgeschichten waren, bestätigte sich 1854, als Überreste eines Riesenkalmars an der dänischen Küste strandeten. Die Tiere gibt es also wirklich.

ERSTE BEOBACHTUNGEN

2004 haben japanische Forscher erstmalig einen Riesenkalmar in seinem natürlichen Lebensraum erspäht. Mithilfe einer Unterwasserkamera gelang es dem Team im Pazifik, ein acht Meter langes Exemplar zu beobachten.

RIESENKALMARE

Bei den oft fälschlicherweise als Riesenkraken bezeichneten Meeresbewohnern handelt es sich um Riesentintenfische oder Riesenkalmare. Im Unterschied zu einer Riesenkrake, die acht Arme besitzt, verfügen Riesenkalmare über zehn Arme, von denen zwei Tentakel, also Fangarme, sind.

GIGANTISCH

Über die Größe von Riesentintenfischen gibt es viele Spekulationen. Da die Tentakel sehr dehnbar sind, ist es schwierig, die Länge der Weichtiere zu bestimmen. Vermutlich können Riesenkalmare inklusive ihrer langen und dünnen Tentakel 12 bis 13 Meter lang werden. Sie besitzen einen gewaltigen Kopf mit Augen von etwa 30 Zentimeter Durchmesser. Das ist größer als ein Basketball. Gewichtsmäßig können die Riesenkalmare bis zu einer halben Tonne auf die Waage bringen.

WO GIBT ES RIESENKALMARE?

In allen Weltmeeren finden sich Riesenkalmare. Forscher haben insbesondere in den Ozeanen vor Großbritannien, Südafrika, Neuseeland, Norwegen, Japan, Neufundland, Australien die gigantischen Meeresbewohner gesichtet.

WIE LEBEN RIESENKALMARE?

In den Tiefen der Meere, bis zu 1000 Meter tief, leben die Riesentintenfische. Dort ist es kalt und dunkel. Leider sind die Tiefen der Ozeane noch nicht gründlich genug erforscht, daher ist wenig über das Leben und die Verbreitung der Riesenkalmare bekannt. Die Wissenschaftler gehen davon aus, dass es nur eine Art von Riesenkalmaren gibt, die weltweit verbreitet ist. Außerdem vermuten sie, dass Riesentintenfisch-Larven mit der Meeresströmung um die Erdkugel treiben und erst ab einer bestimmten Größe in die Tiefe der Meere abtauchen. Auch wenn die Giganten üblicherweise in den Tiefen der Ozeane leben, verirren sie sich manchmal in seichtere Gewässer oder landen in Fischernetzen.

Ein Pottwal wird bis zu 20 Meter groß.

Pottwale sind natürliche Feinde der Riesenkalmare.

KÄMPFE MIT POTTWALEN

Die bis zu 20 Meter großen Pottwale sind die natürlichen Feinde der Riesenkalmare. Im Magen verendeter Pottwale wurden mehrfach Riesenkalmare gefunden. Auf der Walhaut konnte man außerdem Narben von Saugnäpfen erkennen. Experten vermuten deshalb, dass es immer wieder zu Kämpfen zwischen Riesenkalmaren und den Meeressäugern kommt.

Tentakel mit Saugnäpfen

FLINKE JÄGER

Zur Beute von Riesenkalmaren gehören Tiefseefische und Tintenfische. Mit den beiden Tentakeln fängt der Riesenkalmar seine Beute, indem er sie mit den Saugnäpfen am Ende der Fangarme greift. Früher ging man davon aus, dass Riesenkalmare sich nur langsam bewegen würden. Doch Beobachtungen unter Wasser haben bewiesen, dass die Meeresbewohner schnelle, aggressive und geschickte Jäger sind. Vermutlich können die Giganten mit den riesigen Augen ihre Fressfeinde und die Beute auf große Entfernung erspähen.

MEERESUNGEHEUER?

Über die Existenz von Riesenkalmaren gibt es keine Zweifel. Doch kannst du glauben, dass sie ganze Schiffe in die Tiefe gerissen haben? Sicherlich haben Seeleute in ihnen unbekannte, furchterregende Meeresbewohner erspäht. Doch bei vielen Legenden ist der Übergang von Dichtung und Wahrheit fließend.

WIE ENTSTEHT DAS POLARLICHT?

HAST DU SCHON EINMAL VOM POLARLICHT GEHÖRT? DAS SIND BUNTE LICHTERSCHEINUNGEN AM NACHTHIMMEL, DIE DU IN DER NÄHE VON NORD- UND SÜDPOL BEOBACHTEN KANNST. FRÜHER HIELTEN DIE MENSCHEN DAS NATURSCHAUSPIEL FÜR UNHEIMLICH UND SAHEN ES ALS VORBOTE FÜR UNHEIL. DOCH WIE GENAU ENTSTEHT DAS POLARLICHT UND IST ES WIRKLICH GESPENSTISCH?

DIE SONNE

Eine gespenstische oder unheimliche Erscheinung ist das Polarlicht natürlich nicht. Dahinter stehen physikalische Vorgänge: Die Sonne, um genau zu sein die Sonnenwinde, sind für das Polarlicht verantwortlich.

SCHNELLER SONNENWIND

Damit das Polarlicht entstehen kann, passiert folgendes in der Atmosphäre: Die Sonne stößt elektrisch geladene Teilchen aus und schleudert sie als sogenannten Sonnenwind Richtung Erde. Es handelt sich dabei hauptsächlich um Elektronen, das sind negativ geladene Teilchen, und um Protonen, das sind positiv geladene Teilchen. Der Sonnenwind saust mit einer enormen Geschwindigkeit durch das All. Normal sind 300 Kilometer pro Sekunde, doch manchmal rast er doppelt so schnell oder noch schneller.

POLARGEBIET

Im Polargebiet kannst du das Leuchtspektakel am besten bewundern. Die Polargebiete gibt es auf beiden Hälften der Erdkugel, in der Arktis und der Antarktis. Sie befinden sich jeweils zwischen dem Pol (Nord- beziehungsweise Südpol) und dem jeweiligen Polarkreis, der etwa auf dem 66. Breitengrad liegt – einmal nördlich, einmal südlich.

KRAFT DER MAGNETEN

Trifft der Teilchenstrom dann auf das Magnetfeld der Erde, lenkt dieses die Teilchen Richtung Nord- und Südpol. In etwa 100 oder mehr Kilometer Höhe stoßen die Teilchen auf die Moleküle und Atome in der Lufthülle. Wenn sich die Teilchen mit den erdeigenen Atomen und Molekülen verbinden, entstehen die farbigen Polarlichter.

WIE SEHEN DIE POLARLICHTER AUS?

Vermutlich hast du dieses wunderbare Naturphänomen bisher nur auf Bildern gesehen. Polarlichter können in ganz unterschiedlicher Farbe und Form in Erscheinung treten. Üblicherweise sind die Farben des Polarlichts Rot, Grün und Blau. Doch daraus können dann verschiedene Mischfarben entstehen. Auch die Erscheinungsform ist nicht einheitlich: Die Polarlichter können als Schleier, Bogen oder als Strahlen am Himmel zu sehen sein. Zuweilen kannst du sie auch als Flecken beobachten, mal heller, blasser oder dunkler.

WOVON HÄNGEN DIE FARBEN AB?

In welchen Farben das Polarlicht leuchtet, hängt vor allem davon ab, in welcher Höhe die Reaktion stattfindet und welche Teilchen sich in der Atmosphäre befinden. Rote und blaue Farben werden von Stickstoffatomen in einer Höhe von 150 bis 600 Kilometern angeregt. Grüne Polarlichter entstehen in der Regel durch Sauerstoff in einer Höhe unter 150 Kilometern.

NATURSCHAUSPIEL ERLEBEN

Wie du weißt und wie der Name dir verrät, treten Polarlichter um den Nord- und Südpol auf. Aus diesem Grund werden sie entsprechend als „Nordlichter" und als „Südlichter" bezeichnet. Bei einer Reise nach Nordskandinavien, Island oder in den Norden Kanadas hast du gute Chancen, die volle Pracht der Lichterscheinungen zu bewundern. Der beste Zeitraum dafür ist Oktober bis März.

IN MITTELEUROPA

In unseren Breitengraden kannst du das Lichtspektakel leider nur selten bestaunen. Nur wenn die Sonnenwinde oder Sonnenstürme sehr, sehr stark sind – also bei maximaler Sonnenaktivität – kann es hier zum Auftreten von Polarlichtern kommen. Dieses Phänomen kommt etwa alle elf Jahre bei uns vor.

Sonnensturm

AUF ANDEREN PLANETEN

Nicht nur auf der Erde kann man Polarlichter sehen. Forscher haben herausgefunden, dass dieses Schauspiel auch auf anderen Planeten auftreten kann, wie beispielsweise auf dem Saturn oder dem Jupiter.

Auf dem Planeten Jupiter können ebenfalls Polarlichter auftreten.

MYSTERIEN DER WISSEN-SCHAFTEN

UNSERE WELT UND UNSER UNIVERSUM HALTEN NOCH UNZÄHLIGE GEHEIMNISSE VERBORGEN, DIE ES ZU ENTDECKEN UND ERKLÄREN GILT. TÄGLICH FORSCHEN WISSENSCHAFTLER, UM NEUE ERKENNTNISSE ZU GEWINNEN. HAST DU ZUM BEISPIEL SCHON MAL VON WURMLÖCHERN IM ALL ODER VON DER GEHEIMNISVOLLEN DUNKLEN MATERIE GEHÖRT? WAS PASSIERT EIGENTLICH, WENN UNSERE SONNE AUFHÖRT ZU SCHEINEN? UND GIBT ES KÜNSTLICHE INTELLIGENZ UND HYPNOSE ÜBERHAUPT?

GIBT ES WURMLÖCHER?

KANNST DU DIR VORSTELLEN, INNERHALB VON EINEM KURZEN MOMENT IN EINE ANDERE ZEIT ZU SPRINGEN, ETWA IN DIE VERGANGENHEIT ODER IN DIE ZUKUNFT? ODER EINFACH DAS SONNENSYSTEM UND DIE MILCHSTRASSE ZU VERLASSEN UND ZU PLANETEN IN ANDEREN GALAXIEN ZU HÜPFEN? IN SCIENCE-FICTION-FILMEN ODER BÜCHERN IST DAS PROBLEMLOS MÖGLICH. MITHILFE VON SOGENANNTEN WURMLÖCHERN KANNST DU ZEITABSCHNITTE UND RIESIGE ENTFERNUNGEN ÜBERSPRINGEN. DOCH GIBT ES DIESE WURMLÖCHER WIRKLICH?

WURMLOCH – WAS IST DAS?

Unter Wurmlöchern versteht man „Abkürzungen“ durch das Universum. Riesige Entfernungen können so in kurzer Zeit zurückgelegt werden. Diese Ideen von Wurmlöchern sind bisher jedoch nur theoretische Modelle von Forschern.

WIESO HEISST ES WURMLOCH?

Stell dir das Universum wie einen Apfel vor. Der Wurm frisst sich von einer Seite zur anderen durch das Obst. Er nimmt eine Abkürzung durch den Apfel, anstatt auf der gekrümmten Oberfläche um ihn herumzukriechen. Wissenschaftler haben sich an diesen Vergleich angelehnt und daher den Begriff Wurmloch gewählt.

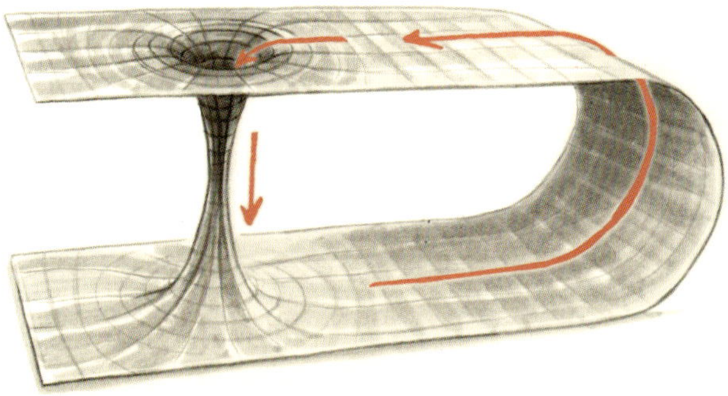

HINTERGRUND

Die Überlegungen zu den Wurmlöchern gehen auf den bekannten Physiker Albert Einstein (1879–1955) und seine Theorien zurück. Der Wissenschaftler entwickelte die Relativitätstheorie, von der du vielleicht schon gehört hast. Einstein fand heraus, dass Raum und Zeit miteinander zusammenhängen: So liegen durch starke Krümmungen der Raumzeit zwei weit voneinander entfernte Orte im Universum plötzlich viel näher zusammen. Diese sogenannten „Brücken" im Universum bezeichnen wir heutzutage als Wurmlöcher.

ALBERT EINSTEIN

Der in Ulm geborene Physiker Albert Einstein gilt als einer der größten Wissenschaftler des letzten Jahrhunderts. Im Jahr 1921 erhielt er den Nobelpreis für Physik. Er lehrte an verschiedenen deutschsprachigen Universitäten, bis er 1933 in die USA zog und dort seine Forschungen fortführte.

Physiker Albert Einstein

VORKOMMEN

Bisher sind Wurmlöcher nur rein theoretische Gebilde: Kein Experiment konnte bislang beweisen, dass es sie wirklich gibt. Dennoch beschäftigen sich bekannte Physiker weiterhin mit diesem Phänomen und hoffen, eines Tages den Nachweis für diese Art von „Tunnel“ zu erlangen. Doch selbst wenn sie ein Wurmloch finden, ist fraglich, ob du da durchreisen kannst.

FILME UND BÜCHER

In der Realität hat noch niemand ein Wurmloch gefunden. Doch im Bereich der Filmkunst und der Literatur hast du vielleicht schon einmal Wurmlöcher gesehen oder davon gehört. Im Film *Raumschiff Enterprise* ist das gleichnamige Raumschiff Lichtjahre von der Erde entfernt und dringt in neue Galaxien ein, die noch kein Mensch gesehen hat. Zusätzlich gibt es Zeitreisen und eben auch Wurmlöcher.

SCHWARZE LÖCHER

Selbst wenn ein Wurmloch im Weltall etwas Neues für dich ist, von einem schwarzen Loch hast du bestimmt schon mal gehört. Ein schwarzes Loch ist oft der Überrest eines großen Sterns, der sich nach dem Verglühen ganz eng zusammenpresst. Durch die hohe Dichte zieht er alles an, was sich in seiner Nähe befindet. Selbst Licht kann ihm nicht entkommen, daher auch der Name. Ein schwarzes Loch könnte ein Wurmloch erzeugen, wenn es sich mit einem anderen schwarzen Loch in einem ganz anderen Sternensystem verbinden würde.

SCHNELLER, ALS DAS LICHT ERLAUBT

Nichts kann schneller fliegen als Licht, das hast du vielleicht schon in der Schule gelernt oder wirst es noch lernen. Die Lichtgeschwindigkeit beträgt knapp 300.000 Kilometer pro Sekunde. Das ist natürlich superschnell, aber für Reisen in ferne Galaxien immer noch viel zu langsam. Daran kann natürlich auch ein Wurmloch nichts ändern. Aber während das Licht normalerweise den üblichen Weg durch Raum und Zeit nimmt, sorgt das Wurmloch einfach für eine Abkürzung. Was durch ein Wurmloch kommt, ist also eher da als das Licht.

GIBT ES AUSSERIRDISCHE?

ALIENS – WIE AUSSERIRDISCHE AUF ENGLISCH HEISSEN – SIND EIN SEHR BELIEBTES THEMA. FILME WIE *E.T.*, IN DEM DER ERDENBESUCHER EIN LIEBER FREUND WIRD, ODER EHER DÜSTERE FILME, IN DENEN AUSSERIRDISCHE DIE MENSCHHEIT BEDROHEN, GEHÖREN ZU DEN KLASSIKERN. VIELLEICHT KENNST DU DIE FILMREIHE *STAR WARS* MIT DEN DORT DARGESTELLTEN AUSSERIRDISCHEN LEBENSFORMEN UND FRAGST DICH: IST ES WIRKLICH MÖGLICH, DASS ES AUSSERIRDISCHE GIBT?

UNENDLICHE STERNENWELTEN

Unser Planetensystem ist Teil der Milchstraße, in der es bis zu 300 Milliarden Sterne wie unsere Sonne gibt. Man nimmt an, dass es etwa 10 Milliarden Sterne gibt, um die ein Planet im richtigen Abstand kreist, der ein Leben theoretisch möglich macht. Dabei ist die Milchstraße nur eine Galaxie von mehreren Milliarden. Da ist es schon wahrscheinlich, dass sich auf einem dieser Planeten Leben entwickelt hat.

GIBT ES UFOS?

Der Begriff UFO steht für *unidentified flying object* und bedeutet aus dem Englischen übersetzt „unbekanntes fliegendes Objekt". Ein amerikanischer Pilot glaubte Ende der 1940er-Jahre, Raumschiffe von Außerirdischen gesehen zu haben. Es seien leuchtende Scheiben am Himmel gewesen, die er als „fliegende Untertassen" bezeichnete. Beweisen konnte er das nicht. Seitdem gibt es ganz oft Sichtungen von seltsamen Flugobjekten oder Lichterscheinungen, wobei die meisten ganz normal erklärt werden können. Oftmals handelt es sich um Wetter- oder Partyballons, Sternschnuppen, Lichtreflexe oder einfach merkwürdig geformte Wolken.

KLEINE GRÜNE MÄNNCHEN ODER DOCH GRAUE?

Unsere Vorstellung davon, wie Außerirdische aussehen könnten, haben wir aus Filmen. Findige Drehbuchschreiber und Regisseure haben sich beispielsweise ausgedacht, dass sie einen kleinen Körper haben mit dünnen Armen und Beinen und einem großen Kopf. Doch was ist mit Alienmonstern oder lustigen plüschigen Gesellen? Falls es wirklich Aliens gäbe, wüsste niemand, wie sie wirklich aussehen.

ÜBERLEBEN AUF FREMDEN PLANETEN

Damit auf einem Planeten Leben entstehen kann, müssten dort so ähnliche Bedingungen herrschen wie bei uns auf der Erde. Es darf nicht zu heiß und nicht zu kalt sein – und ganz wichtig: Wasser ist Grundvoraussetzung. Man vermutet, dass es auf dem Mars einmal Wasser und damit einfache Lebensformen gegeben hat. Forscher untersuchen das noch.

Geheimnisvolle Kornkreise

KORNKREISE

Manche Menschen glauben, dass die sogenannten Kornkreise Botschaften von Außerirdischen oder gar Landeplätze von UFOs sind. Die Kornkreise tauchten besonders häufig Ende des letzten Jahrhunderts auf: geometrische Muster in Getreidefeldern, die durch umgelegte Halme entstehen. Es hat sich allerdings herausgestellt, dass sie von Menschen hergestellt wurden, die sich einen Spaß erlaubt hatten.

SIGNALE AUS DEM ALL

Das SETI-Institut versucht, mithilfe von riesigen Teleskopen Signale aus dem Weltall aufzufangen. SETI ist die Abkürzung für *search for extraterrestrial intelligence*, was auf Deutsch „Suche nach außerirdischer Intelligenz“ bedeutet.

Weltraumteleskope

WAS VERHEIMLICHT DAS MILITÄR?

Es gibt Menschen, die glauben, dass Aliens schon hier auf der Erde gelandet sind. Sie denken, dass das im letzten Jahrhundert in einer Wüste in Nevada, einem amerikanischen Bundesstaat, passiert ist, in der „Area 51". Angeblich hat die US-Regierung den Fund verheimlicht, um die Außerirdischen zu erforschen. Doch in einem Interview erklärte der Chef der amerikanischen Raumfahrtbehörde NASA, dass dieses Gebiet zwar existiert, es aber nur eine ganz normale geheime Forschungsstation sei.

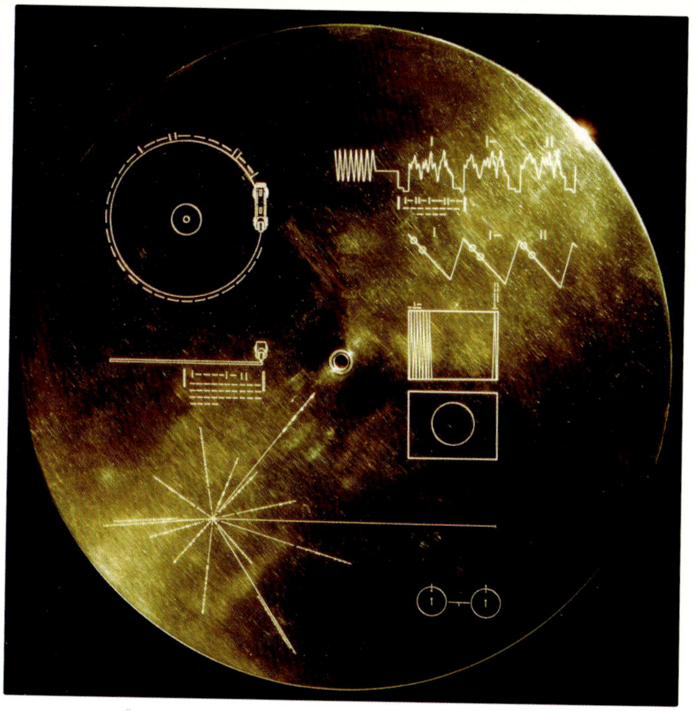

Die goldene Platte der Voyager-Sonden

MENSCH AN AUSSERIRDISCHE

Angesichts der riesigen, für uns kaum vorstellbaren Entfernungen im All und vielen Möglichkeiten vermuten Wissenschaftler, dass es außerirdisches Leben geben könnte. Deshalb hat man seit den 1970er-Jahren Sonden in den Weltraum ausgesandt. Momentan sind Voyager 1 und Voyager 2 unterwegs und Erstere mittlerweile sogar über 20 Milliarden Kilometer von der Erde entfernt. Die Sonden senden einerseits beeindruckende Fotos ihrer Reise zu uns, andererseits enthalten sie goldene Platten mit Botschaften für mögliche außerirdische Lebensformen. In Bildsprache und Geräuschen befinden sich darauf Informationen über unsere Erde sowie eine Darstellung von uns Menschen.

UFO-HOTLINE

Wenn du denkst, dass du ein UFO gesehen hast, kannst du sogar eine Telefonnummer anrufen. In vielen Ländern gibt es Hotlines, die meist von Privatleuten betrieben werden. In Deutschland ist es das CENAP (zentrales Erforschungsnetz außergewöhnlicher Himmelsphänomene). Wenn zum Beispiel ein Meteorit am Himmel zu sehen ist, rufen viele Menschen dort an, da sie glauben, ein UFO gesehen zu haben.

WAS IST DUNKLE MATERIE?

IM UNIVERSUM GIBT ES MILLIARDEN VON GALAXIEN. WIE DU SICHER WEISST, GEHÖREN ZUM BEISPIEL DIE PLANETEN UND STERNE WIE DIE SONNE DAZU. DOCH DIE SIND NUR EIN KLEINER BESTANDTEIL, VIELE ANDERE MACHEN DAS RIESIGE UNIVERSUM AUS: DIE DUNKLE MATERIE – SO SAGEN DIE FORSCHER – IST EBENFALLS EIN TEIL DAVON. ABER WAS IST DIE DUNKLE MATERIE EIGENTLICH?

Unser Universum mit Sternen und Planeten

EIN RÄTSEL

Im wahrsten Sinne des Wortes ist die dunkle Materie ein rätselhafter Stoff. Bisher ist es den Experten nicht gelungen, ihre Existenz zu beweisen. Über die dunkle Materie ist wenig bekannt, dennoch sind sich viele Forscher sicher, dass es sie gibt.

IM DUNKELN TAPPEN

Die Astronomen gaben dem rätselhaften Stoff den Namen dunkle Materie, weil diese unsichtbar ist. Selbst mit speziellen Forschungsinstrumenten ist die dunkle Materie nicht zu erfassen. Im Gegensatz dazu kann man die Sterne, Planeten und Lichtteilchen, die sich außerdem im Universum tummeln, sehen.

Die Milchstraße wird von dunkler Materie zusammengehalten.

KEINE BEWEISE

Selbst wenn die Existenz der dunklen Materie nicht bewiesen ist, gehen viele Experten davon aus, dass es den geheimnisvollen Stoff gibt. Denn auch wenn du sie nicht siehst, könnte die dunkle Materie Schwerkraft ausüben. Die Wissenschaftler vermuten, dass die rätselhafte Substanz damit die Galaxien zusammenhält. Viele Galaxien drehen sich sehr schnell und müssten eigentlich auseinanderfliegen, doch dank der Schwerkraft der dunklen Materie ist das nicht der Fall. Auch die Sterne und Planeten der Milchstraße, in der sich das Sonnensystem mit unserer Erde befindet, werden von der dunklen Materie zusammengehalten.

SCHWERKRAFT

Der englische Naturwissenschaftler Isaac Newton (1643–1727) entdeckte die Gesetze der Schwerkraft. Ob eine leichte Feder oder ein schwerer Stein – jede Substanz, die wir fallen lassen, landet auf dem Boden. Denn die Erde zieht alles an. Je näher sich die Objekte an der Erde befinden, umso stärker werden sie angezogen. Diese Anziehungskraft nennt man auch Gravitationskraft. Sie wirkt nicht nur auf der Erde, sondern auch im Weltall.

Der Naturwissenschaftler Isaac Newton

WORAUS BESTEHT DIE DUNKLE MATERIE?

Ganz genau weiß niemand, woraus die dunkle Materie besteht. Die Experten haben bisher nur beobachtet, dass der rätselhafte Stoff kein Licht in sich aufnimmt, ausstrahlt oder reflektiert. Über die Bestandteile der dunklen Materie haben die Physiker ausschließlich Vermutungen. Einige glauben, dass die dunkle Materie aus unbekannten Teilchen besteht, die kleiner als Atome sind und keine Wechselbeziehung zu normaler Materie besitzen.

DAS UNIVERSUM

Das Weltall oder auch Universum entstand vermutlich vor etwa 14 Milliarden Jahren durch einen Knall, den Urknall. Eine winzige Blase, in der sich das Weltall befand, explodierte in einem Bruchteil einer Sekunde: Das war der Anfang des uns bekannten Universums, das sich seitdem ununterbrochen ausbreitet. Unsere Erde ist ein winziger Teil davon. Es gibt sie seit ungefähr 4,5 Milliarden Jahren – fast unvorstellbar alt und doch recht jung im Vergleich zu den ältesten Sternen und Planeten.

WIE KANN MAN DUNKLE MATERIE FINDEN?

Wie willst du etwas finden, das du weder sehen noch spüren kannst? Forscher verfolgen verschiedene Wege, um der geheimnisvollen Sache auf die Schliche zu kommen. Manche versuchen dunkle Materie selbst zu erzeugen, indem bekannte Materie mit gigantischer Kraft aufeinandergeschleudert wird. Andere suchen das Weltall mit Teleskopen ab, in der Hoffnung, dass dunkle Materie irgendwo zusammenstößt und Strahlung aussendet, die sich messen lässt. Eine dritte Gruppe versucht komplizierte Messgeräte tief unter der Erde aufzustellen und darauf zu warten, Spuren der dunklen Materie zu entdecken. Doch Erfolg hatte noch niemand.

DUNKLE ENERGIE

Kannst du dir vorstellen, dass es im Universum ein noch größeres Rätsel als die dunkle Materie gibt? Tatsächlich sorgt die sogenannte dunkle Energie, die einen noch größeren Bestandteil des Kosmos ausmachen soll, dafür, dass sich das Universum immer weiter ausbreitet. Wie auch dunkle Materie lässt sich dunkle Energie aber nicht direkt messen. Somit gibt es auch keinen Beweis dafür, dass es sie überhaupt gibt.

WIE FUNKTIONIERT HYPNOSE?

HAST DU SCHON EINMAL EINE HYPNOSE-SHOW IM FERNSEHEN GESEHEN? DORT WERDEN ERWACHSENE MENSCHEN UND OFTMALS SOGAR GANZE GRUPPEN DURCH EINEN HYPNOTISEUR SO BEEINFLUSST, DASS SIE UNGLAUBLICHE DINGE TUN. PLÖTZLICH KÖNNEN SIE ZUM BEISPIEL PROBLEMLOS AUF ZWEI STUHLLEHNEN BALANCIERT LIEGEN UND WIRKEN DABEI STÄRKER ALS NORMAL. WIE IST DAS MÖGLICH? ODER IST DAS ETWA ALLES HUMBUG?

MESSBARE VERÄNDERUNGEN IM GEHIRN

Wissenschaftler arbeiten zurzeit noch daran, genau festzustellen, was Hypnose ist und wie sie funktioniert. In Studien wurde festgestellt, dass eine Gruppe von Menschen, die hypnotisiert war, Schmerzen nicht so stark empfand wie eine nicht hypnotisierte Gruppe. Dabei wurden die Gehirnreaktionen mit einem sogenannten EEG (Elektroenzephalografie) gemessen. Es wird vermutet, dass durch die Hypnose die Kommunikation von Nervenzellen verändert wird.

SHOWHYPNOSE ALS BÜHNENSPEKTAKEL

Schon seit Jahrhunderten wird die Hypnose als Unterhaltungsmittel benutzt. Dabei dachten die Menschen früher, dass Hypnotiseure magische oder magnetische Kräfte einsetzen. Doch das stimmt nicht: Hypnose funktioniert durch die Beeinflussung des Unterbewusstseins. Einige Menschen können so zu unglaublichen Aktionen gebracht werden.

TIEFENENTSPANNUNG ODER SCHLAF?

Der Begriff Hypnose kommt vom griechischen Wort für „Schlaf“, doch bezeichnet er eher eine besondere Tiefenentspannung. Die hypnotisierte Person befindet sich in einem Wachzustand. Allerdings ist ihre Aufmerksamkeit stark eingeschränkt. Sie kann jetzt durch den Hypnotiseur beeinflusst werden.

KANN JEDER HYPNOTISIERT WERDEN?

Hypnose ist ein gutes Mittel zur Entspannung und wird auch bei der Therapie bestimmter Krankheiten eingesetzt. Allerdings funktioniert sie nur, wenn der Freiwillige auch wirklich dazu bereit ist und Lust darauf hat. Gegen den eigenen Willen kann niemand hypnotisiert werden. Wenn die Entspannung erreicht ist, erzählt der Hypnotiseur der Person beispielsweise, wie sie ihr Leben positiv ändern kann. Am Ende weckt er die hypnotisierte Person behutsam wieder auf.

KANN JEDER HYPNOSETECHNIKEN ERLERNEN?

In Deutschland gibt es eine sogenannte Hypnoseakademie, in der jeder Hypnosetechniken in Seminaren lernen kann. Sogar im Internet gibt es Videos, die Anleitungen geben. Heilpraktiker und Ärzte können sie im Rahmen ihrer Ausbildung lernen.

Das Pendel sollte früher bei der Hypnose helfen.

HYPNOSE MIT DEM PENDEL

Eine Methode, die vor allem früher zum Hypnotisieren eingesetzt wurde, ist die sogenannte Fixierungsmethode. Hierbei konzentriert sich die Person auf einen Gegenstand, wie zum Beispiel ein Pendel oder eine Lichtquelle in einer warmen Farbe. Heutzutage ist es üblicher, dass der Hypnotiseur Vertrauen aufbaut, indem er ruhig spricht. Er nimmt den Freiwilligen auf eine Körperreise mit, wie du sie vielleicht aus dem Turnunterricht kennst. Wenn der Hypnotisierte anfängt, sich zu entspannen, redet der Hypnotiseur ihm ein, dass die Augen schwer und müde werden.

DAS EISWASSER-EXPERIMENT?

Um zu beweisen, dass Hypnose funktioniert, benutzen Hypnotiseure manchmal das Eiswasser-Experiment. Normalerweise zieht man eine Hand, die in Wasser mit Eiswürfeln steckt, bereits nach weniger als einer Minute heraus. Unter Hypnose halten Menschen die Hand deutlich länger ins Eiswasser und beschreiben die Erfahrung hinterher als durchaus angenehm.

BLITZHYPNOSE

Bei einer Blitzhypnose lenkt der Hypnotiseur den Freiwilligen ab, dann kommandiert er „Schlaf jetzt". Das funktioniert aber nicht bei allen Menschen. Es gibt Experten, die behaupten, dass Hypnose bei etwa 10 Prozent aller Menschen nicht funktioniert. Andere sind der Meinung, dass jeder, der geistig gesund und dazu freiwillig bereit ist, sowohl hypnotisiert werden als auch selbst hypnotisieren kann.

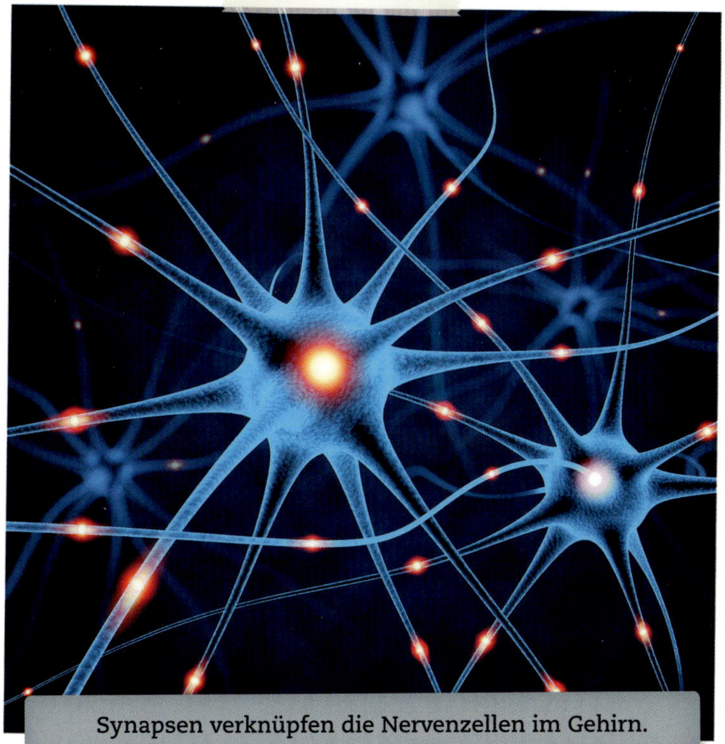

Synapsen verknüpfen die Nervenzellen im Gehirn.

HEILMITTEL

Hypnose wird als Mittel zur Linderung von Krankheiten wie Schmerzen, zur Behandlung gegen das Rauchen oder zur Entspannung beim Zahnarzt erfolgreich eingesetzt. Zum Hineingleiten in den Trancezustand eignen sich sanftere Methoden besser als die abrupte Blitzmethode. Der Patient behält dabei die Kontrolle. Das Gehirn wird sozusagen umprogrammiert – wie eine Festplatte, die neu beschrieben wird. Während der Hypnose erzählt der Hypnotiseur dem Patienten, wie dieser sein Leben verändern kann.

IST HYPNOSE GEFÄHRLICH?

Menschen können sich oft nicht daran erinnern, was ihnen gesagt wurde und was sie getan haben, wenn sie eine tiefe Hypnose erfahren haben. Allerdings gelingt eine Hypnose nur auf der Basis von Vertrauen und Sympathie zwischen dem Hypnotiseur und der Person, die hypnotisiert wird. Menschen, die hypnotisiert worden sind, berichten hinterher, dass sie sich wohl und entspannt gefühlt haben.

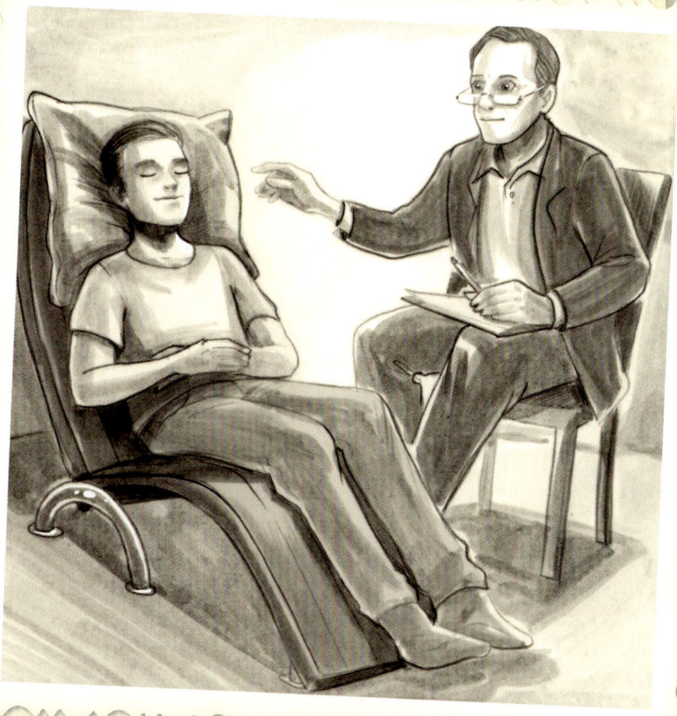

WAS PASSIERT, WENN EINE SONNE STIRBT?

KANN ES DENN SEIN, DASS EINE SONNE EINFACH AUFHÖRT ZU EXISTIEREN? DIE SONNE IST GRUNDBEDINGUNG FÜR ALLES LEBEN AUF DER ERDE. WAS WÄRE WOHL, WENN SIE AUF EINMAL NICHT MEHR RICHTIG FUNKTIONIERTE? KÄME ES DANN ZUM WELTUNTERGANG?

WAS VERBIRGT SICH IM INNEREN DER SONNE?

Die Sonne besteht wie die meisten Sterne hauptsächlich aus Wasserstoff. Kannst du dir vorstellen, dass es im Inneren mehr als 15 Millionen Grad Celsius heiß ist? Das erzeugt einen riesigen Druck, der eine Kernfusion – eine Kernschmelze – erzeugt. Die Wasserstoffatome verschmelzen zu Helium. Die Kernfusion bringt die Sonne zum Brennen. Dieser Prozess wird immer stärker: Der Druck steigt und die Sonne wird immer heißer. Forscher haben festgestellt, dass die Sonne vor etwa 4,5 Milliarden Jahren entstand und seitdem schon 40 Prozent heller geworden ist.

ROTE RIESEN UND WEISSE ZWERGE

Unsere Sonne ist ein Stern von vielen Milliarden Sternen. Wenn ein Stern seinen Wasserstoffvorrat verbraucht hat, dehnt er sich aus. Seine Farbe wird rot und die Hülle löst sich auf. Er schleudert riesige Massen – Millionen Tonnen pro Sekunde – ins All. Die äußeren Schichten werden abgestoßen, bis zum Schluss nur noch der Kern, „Weißer Zwerg“ genannt, übrig bleibt.

WAS PASSIERT MIT DEN WEISSEN ZWERGEN?

In Weißen Zwergen gibt es keine Kernreaktion mehr, das bedeutet, sie erzeugen keine Hitze mehr. Sie kühlen nur noch aus. Dabei ändert sich wieder die Farbe: Sie werden zu Schwarzen Zwergen.

WOHER WEISS MAN VOM ENDE DER SONNEN?

Astronomen, so heißen die Erforscher der Universen, beobachten mithilfe von speziellen Teleskopen die Veränderungen in unserem und anderen Sonnensystemen. Daher wissen sie, dass alle sonnenähnlichen Sterne, die ein gewisses Alter erreicht haben, sich in Rote Riesen verwandeln. Sie dehnen sich gewaltig aus und nehmen ihre Planeten sozusagen in sich auf.

WELTRAUMTELESKOP HUBBLE

Hast du schon einmal vom Hubble-Teleskop gehört? Seit 1990 liefert es unglaubliche Bilder aus dem All. Vergleichst du das Hubble-Teleskop mit denen auf der Erde, ist es ziemlich klein. Es schwebt etwa 540 Kilometer über der Erde in ihrer Umlaufbahn. So kann es auch sehr schwache Lichtsignale weit entfernter Galaxien empfangen.

Ein Stern explodiert.

KANN EIN STERN AUCH EXPLODIEREN?

Sterne können auch auf spektakuläre Weise explodieren. Das passiert, wenn ihr Brennstoff verbraucht ist und sie in sich zusammenfallen. Das nennt man Supernova. Dabei werden alle Bestandteile in die Galaxie geschleudert und bilden die Basis für die Entstehung neuer Sterne und Planeten. Eine Supernova strahlt innerhalb weniger Wochen so viel Energie ab wie unsere Sonne in zehn Milliarden Jahren! 1987 gab es die erdnächste und hellste Supernova, die sogar mit bloßem Auge am Himmel zu beobachten war.

STIRBT MIT DER SONNE AUCH DIE ERDE?

Experten wissen, dass die Sonne in etwa fünf bis sechs Milliarden Jahren ein Roter Riese sein wird. Aber bereits vorher wird menschliches Leben auf der Erde unmöglich sein. Schon in etwa einer Milliarde Jahren wird es so heiß auf der Erde sein, dass alle Kontinente von Wüsten bedeckt sein werden. Dann können nur besonders hitzebeständige Organismen überleben.

WAS PASSIERT MIT UNS MENSCHEN?

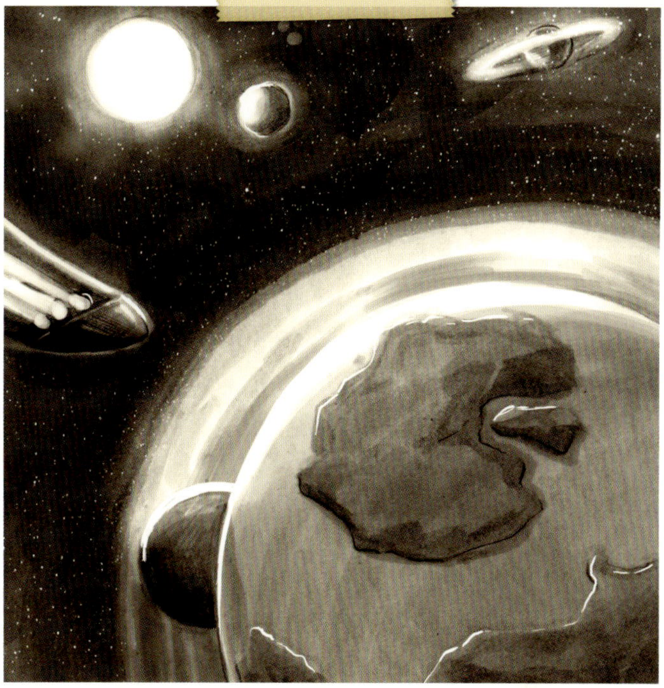

Es ist erwiesen, dass ab einer mittleren Temperatur von 30 Grad Celsius Menschen nicht mehr auf der Erde überleben können. Doch Menschen gibt es erst seit etwa zwei Millionen Jahren – und bis zum Ende der Welt sind es noch mehrere Milliarden Jahre. Sollten die Menschen bis dahin überleben, werden sie bestimmt eine Möglichkeit gefunden haben, um auf einen weiter von der Sonne entfernten Planeten oder gar in eine andere Galaxie auszuwandern.

FLUCHT AUF DEN MARS?

Die NASA ist die amerikanische Bundesbehörde für Raumfahrt und Flugwissenschaft. Sie untersucht die Möglichkeiten, bis zum Jahr 2025 Menschen auf einen Asteroiden nahe dem Mars und bis 2030 direkt auf den Mars zu transportieren. Ein niederländischer Unternehmer hatte ein ähnliches Projekt geplant. Tausende von Freiwilligen stellten sich für die Marsmission zur Verfügung.

DÜSTERE LEGENDEN UND ALLTAGS-MYTHEN

DU HAST BESTIMMT SCHON EINMAL VON NESSIE, DEM LEGENDÄREN UNGEHEUER GEHÖRT, DAS IN EINEM SEE IN SCHOTTLAND SEIT DER DINOSAURIERZEIT ÜBERLEBT HABEN SOLL. ODER VON DEN KROKODILEN, DIE ANGEBLICH IN UNSEREM ABWASSERSYSTEM HAUSEN? DAS INTERNET IST VOLL VON SOLCHEN GESCHICHTEN UND AUCH IN FILMEN UND IN BÜCHERN KANNST DU UNGLAUBLICHES LESEN: VON VAMPIREN UND WERWÖLFEN, WAHRSAGERN UND SCHWEBENDEN STÜHLEN. DOCH WAS IST DRAN AN DIESEN SCHAUERMÄRCHEN? GIBT ES BEWEISE DAFÜR, DASS SIE WAHR SIND? HIER ERFÄHRST DU, WAS WIRKLICH STIMMT.

WAS SIND MODERNE MYTHEN?

KROKODILE UND ANDERE REPTILIEN HAUSEN IN UNSEREM ABWASSERSYSTEM. WENN MAN PECH HAT, KOMMEN DIE UNTERGRUND-BEWOHNER AUS DER TOILETTE GEKRABBELT. HAST DU SO EINE GESCHICHTE SCHON MAL GEHÖRT? ODER DAVON, DASS EINE GIFTSPINNE IN EINER GEKAUFTEN YUCCA-PALME SITZT UND DIE KÄUFER IN ANGST UND SCHRECKEN VERSETZT? SEIT JAHREN GEISTERN SOLCHE UND ÄHNLICHE SCHAUERMÄRCHEN AUF PARTYS UND IN INTERNETFOREN UMHER. DOCH WAS IST DA DRAN?

TRÜGERISCHE KETTENMAILS

Hast du schon einmal eine E-Mail bekommen, in der von einer todkranken Person berichtet wird? Du wirst aufgefordert, Geld zu spenden, damit der Mensch gerettet werden kann. Diese und ähnliche Geschichten tauchen seit den Anfängen des Internets in den Mailboxen auf. Was steckt dahinter? Jemand hat sich einen fragwürdigen Scherz erlaubt – oder noch schlimmer – sammelt E-Mail-Adressen, um Viren zu verbreiten.

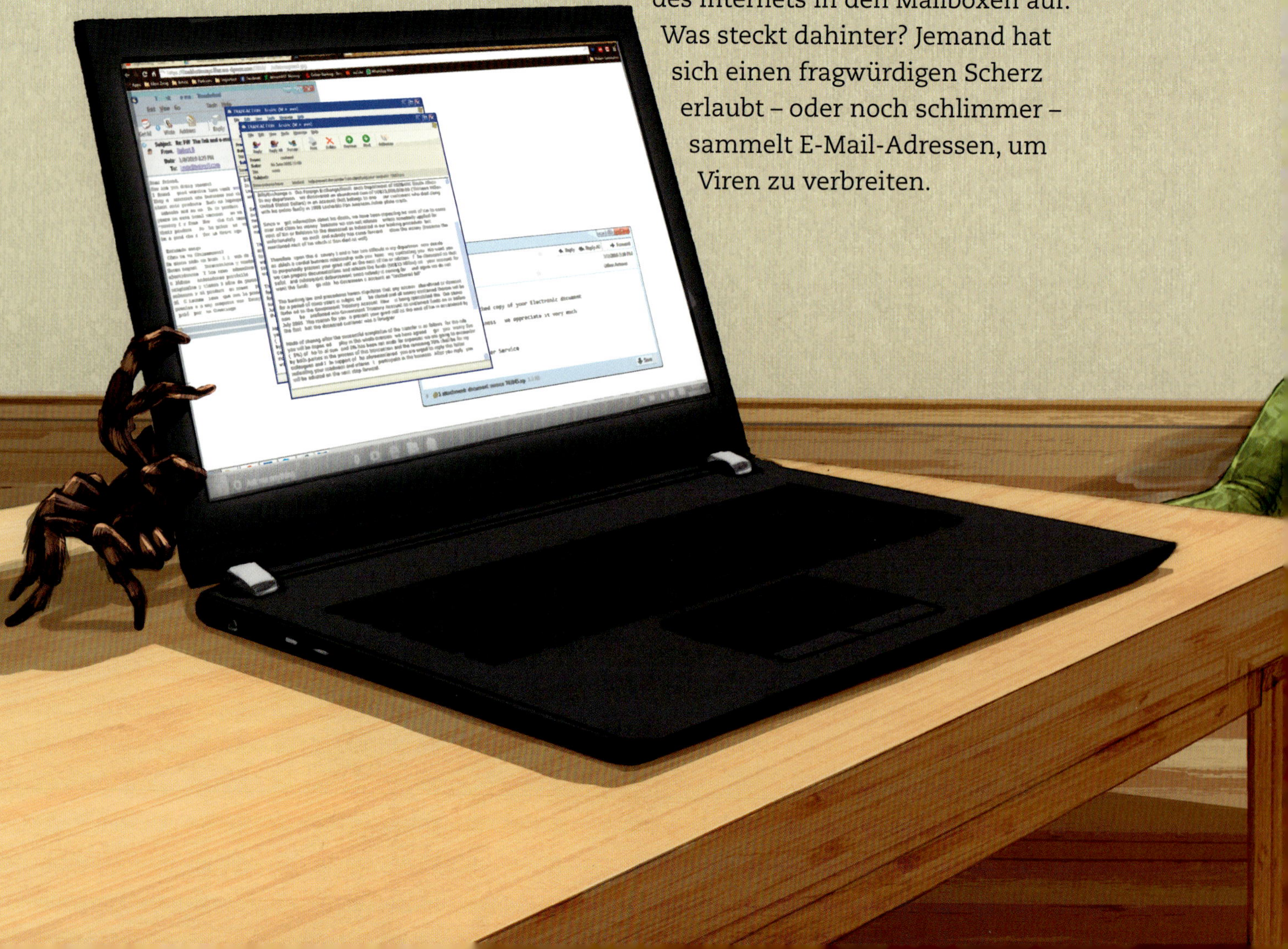

MYTHEN UND MÄRCHEN

Schon immer haben Menschen gerne zur Unterhaltung und auch zur moralischen Erbauung Märchen erzählt. Waren es zu Zeiten der Brüder Grimm noch die bekannten Märchen wie etwa Frau Holle oder Hänsel und Gretel, wurden die Themen im Laufe der Zeit angepasst. Zum Beispiel gibt es eine Geschichte von einem Anhalter, der von netten Autofahrern mitgenommen wird. Später stellt sich heraus, dass es sich um eine längst verstorbene Person handelt. Diese Erzählung gibt es schon seit Jahrhunderten, früher wurde der Mann jedoch von einer Kutsche mitgenommen.

GRUSELGESCHICHTEN

Viele moderne Mythen, auch urban legends (englisch für „Großstadtlegenden") genannt, haben einen Gruselfaktor. Menschen mögen es einfach, unheimliche Geschichten zu hören. Je unglaublicher diese klingen, desto eher werden sie weitererzählt. Dank moderner Medien können sie sich rasend schnell auf der ganzen Welt verbreiten.

GEHEIM UND VERTRAULICH

Typisch für moderne Mythen ist, dass sie unter Freunden und Bekannten oftmals mit dem Siegel „vertraulich" weitererzählt werden. Der Freund des Schwagers einer Freundin hat die Geschichte angeblich so erlebt. Das Weitererzählen hat eine gesellschaftliche und unterhaltende Funktion – ob die Story nun wahr ist oder nicht, ist nebensächlich.

MILLIONEN-VERSCHWENDUNG FÜR SPACE PEN

In den 1960er-Jahren gab es einen Wettlauf der USA und der Sowjetunion um die Eroberung des Weltalls. Es verbreitete sich die Geschichte, dass die amerikanische Raumfahrtbehörde NASA viele Millionen Dollar ausgegeben hätte, um einen Kugelschreiber zu erfinden, der ohne Schwerkraft funktioniert. Die sowjetischen Konkurrenten hätten stattdessen schlauerweise Bleistifte benutzt. Eine amüsante Geschichte, aber leider nicht wahr. Es war ein privater Unternehmer, der die Million für die Entwicklung eines Spezialkulis mit besonderer Tinte ausgab. Sowohl NASA als auch die Sowjets kauften diese Kulis schließlich für ihre Missionen.

DIE BIELEFELDVERSCHWÖRUNG

Hast du schon einmal den Spruch: „Bielefeld – das gibt's doch gar nicht!" gehört? Wieso sagen Menschen so etwas über eine nordrhein-westfälische Stadt mit über 300.000 Einwohnern? Eine lustige Geschichte: Bereits zur Zeit der Anfänge des Internets kursierten viele Verschwörungstheorien. Auf einer Party kam ein Student auf die Idee, sich darüber lustig zu machen, nachdem er zufällig die Bemerkung: „Bielefeld – gibt's ja gar nicht" gehört hatte. Zusammen mit einigen Freunden erfand er Geschichten, in denen behauptet wird, Bielefeld sei eine Erfindung von Geheimdiensten oder aber ein getarntes Raumschiff von Außerirdischen. Die Geschichten waren so erfolgreich, dass sogar einige Filme über das Thema gedreht wurden.

Kondensstreifen von Flugzeugen am Himmel

VERSCHWÖRUNGSTHEORIEN

Oft sind moderne Sagen auch Ausdruck eines Gefühls der Hilflosigkeit und des Ausgeliefertseins von Menschen. Beispielsweise gibt es seit etwa 1996 die Verschwörungstheorie über sogenannte Chemtrails. Das ist Englisch und steht für „chemikalische Spuren". Die Anhänger dieser Theorie bezeichnen so die Kondensstreifen von Flugzeugen. Im Gegensatz zu den normalen Abgasen sollen die Chemtrails aus giftigen Chemikalien bestehen, um der Menschheit zu schaden. Das Umweltbundesamt hat das aber widerlegt.

BERÜHMTE LEGENDEN

Ein New Yorker soll fünf Tage lang tot an seinem Schreibtisch gesessen haben, ohne dass es seinen Kollegen auffiel. Eine schlimme Geschichte, die du wahrscheinlich nicht glaubst. Aber berühmte Medien, Zeitungen und sogar das öffentlich-rechtliche Fernsehen in England fielen auf die Geschichte herein und verbreiteten sie. Wie peinlich. Also, besser vorsichtig sein und nicht alle Geschichten, gerade die du im Internet lesen kannst, glauben, sondern kritisch hinterfragen.

HAUST EIN SEEUNGEHEUER IM LOCH NESS?

HAST DU SCHON EINMAL VON EINEM UNGEHEUER NAMENS NESSIE GEHÖRT, DAS SEIT HUNDERTEN VON JAHREN IN EINEM SEE NAMENS LOCH NESS IN SCHOTTLAND HAUSEN SOLL? VIELE MENSCHEN WOLLEN DIESEN ANGEBLICH RIESENGROSSEN WASSERBEWOHNER BEREITS ERBLICKT HABEN. WAS MEINST DU, GIBT ES NESSIE WIRKLICH ODER IST DAS GEHEIMNISVOLLE SEEUNGEHEUER NUR ERFUNDEN?

DIE ERSTEN ERSCHEINUNGEN

Im Jahr 565 nach Christus soll ein irischer Mönch das erste Mal ein Ungeheuer im Loch Ness gesichtet haben. Es wird berichtet, dass er sich tapfer dem Ungetüm entgegenstellte und es verscheuchte. Eine große Schlagzeile machte Nessie dann 1933. Ein Paar behauptete, eine gigantische Kreatur im See gesehen zu haben, und gab an, dass diese mehrere Meter lang gewesen sein soll. Die ortsansässige Zeitung griff dieses Ereignis auf und schrieb in dem Bericht sogar von einem Monster. Das war vermutlich der Beginn einer großen Legende.

GEHEIMNISVOLLES WESEN

Immer wieder berichteten Leute, ein seltsames Wesen im See gesehen zu haben. Wie genau es aussah, ist nicht eindeutig geklärt. Einige sprechen beispielsweise von einer Seeschlange oder einer hirschartigen Kreatur.

LOCH NESS

Loch Ness ist der flächenmäßig zweitgrößte See in Schottland. Er liegt im schottischen Hochland und ist bekannt für seine extreme Tiefe, die bei etwa 230 Metern liegt. Auffällig ist außerdem seine schmale, aber lang gezogene Form: Er ist etwa 37 Kilometer lang und 1,5 Kilometer breit.

PLESIOSAURUS

Viele Menschen sehen eine Ähnlichkeit zwischen Nessie und den längst ausgestorbenen Plesiosauriern. Diese waren Reptilien und lebten vor Millionen von Jahren. Plesiosaurier wurden mehrere Meter lang, besaßen Flossen, einen langen Hals und einen kleinen Kopf. Wissenschaftler konnten jedoch keinen Beweis liefern, dass sich ein Dinosaurier in die Neuzeit verirrt hatte.

GEHEIMNISVOLLE FOTOS

Nach der Berichterstattung 1933 in der Zeitung dauerte es nicht lange, bis Fotos von Nessie auftauchten. Mal war etwa ein verschwommenes Wesen zu sehen, das aus dem Wasser herausragte, mal ein langer Hals mit Kopf. Nach genaueren Untersuchungen der Bilder entpuppten sich diese als Fälschungen. So handelte es sich beispielsweise um einen schwimmenden Hund mit Stock im Maul oder um ein nachgebautes Ungetüm.

AUF DEM GRUND DES SEES

Sogar ein Forscherteam versuchte, dem vermeintlichen Ungeheuer auf die Schliche zu kommen. Mit speziellen Geräten, die den Schall unter Wasser messen können, untersuchten die Wissenschaftler den See und schossen Unterwasserfotos. Es kamen Bilder von einer mehrere Meter langen Kreatur mit langem Hals und Flossen zum Vorschein – so wie Nessie von vielen Menschen beschrieben wurde. Bekannte Wissenschaftsinstitute sahen darin schon den Beweis für die Existenz des Seeungeheuers. Hättest du das auch geglaubt? Leider stellte sich heraus, dass auf den Bildern lediglich Teile eines Wracks abgebildet waren. Einer der Experten soll die Fotos angeblich bearbeitet haben.

Wissenschaftler untersuchen mit speziellen Geräten den See.

Der See Loch Ness in Schottland

SINNESTÄUSCHUNG

Natürlich gibt es auch Leute, die an Nessies Existenz zweifeln. Diese haben im Laufe der Jahre viele Erkenntnisse zusammengetragen, die das Leben eines Seeungeheuers in Loch Ness infrage stellen. Das Wasser sei beispielsweise zu kalt für Reptilien, Säugetiere müssten öfter zum Luftschnappen nach oben kommen und somit gesehen werden. Ein gigantisches Ungetüm fände zudem nicht genug Nahrung im See. Vielmehr gehen die Skeptiker von einer Sinnestäuschung aus, die durch das Wetter oder die Wasserbewegungen im See entstanden sind.

TOURISTENATTRAKTION

Obwohl es bisher keinen amtlichen Beweis gibt, dass im Loch Ness ein Seeungeheuer lebt, bleibt der Glaube an Nessie weiter bestehen. Jährlich reisen viele Touristen nach Loch Ness, um auf die Suche nach dem Seemonster zu gehen. Schiffstouren über den See und ein Nessie-Museum bieten den Besuchern einen besonderen Reiz. Denn viele Einwohner der umliegenden Dörfer sind sich nahezu sicher, dass das Seewesen nicht nur als Souvenir-Stofftier existiert.

LÄSST SICH DIE ZUKUNFT VORHERSAGEN?

STELL DIR VOR, DU WÜSSTEST SCHON HEUTE GANZ GENAU, WAS MORGEN PASSIEREN WÜRDE. DANN KÖNNTEST DU DICH GUT VORBEREITEN. UND WENN DU WÜSSTEST, WIE DIE GESAMTE ZUKUNFT AUSSÄHE, KÖNNTEST DU SOGAR SCHLIMME KATASTROPHEN UND KRIEGE VERHINDERN. NATÜRLICH WÜSSTEST DU AUCH DIE LOTTOZAHLEN UND WÜRDEST MILLIONEN GEWINNEN. SCHÖN WÄR'S! SCHON IMMER HATTEN MENSCHEN DEN WUNSCH, DIE ZUKUNFT ZU ERFAHREN, WESHALB ES AUCH VIELE VERSCHIEDENE METHODEN DAFÜR GIBT. DOCH FUNKTIONIEREN HOROSKOPE, GLASKUGELN UND KARTENLEGEN TATSÄCHLICH?

KONNTEN DIE MAYA DAS ENDE DER WELT VORAUSSAGEN?

Schon die Maya (ab 2000 vor Christus bis etwa 900 nach Christus), ein kulturell hoch entwickeltes Volk, versuchten die Zukunft vorauszusagen. Noch heute kann man die Ruinen ihrer beeindruckenden Tempel und Pyramiden in Mittelamerika bewundern. Sie berechneten einen komplizierten Kalender nach Beobachtungen der Umlaufbahnen verschiedener Planeten. Sie versuchten auch Sonnen- und Mondfinsternisse vorab zu bestimmen. Viele Menschen glaubten, dass die Erde am 21.12.2012 untergehen würde, weil dann der Kalender der Maya endete. Aber wie du siehst, ist das nicht passiert, denn dann fing einfach ein neuer Kalender an!

Antiker Tempel der Maya in Guatemala

Michel de Nostredame war schon zu Lebzeiten für seine Prophezeiungen berühmt.

DÜSTERE PROPHEZEIUNGEN DES NOSTRADAMUS

Hast du schon einmal von den Prophezeiungen des Nostradamus gehört? Der französische Arzt und Gelehrte Michel de Nostredame (1503–1566) war Anhänger des jüdischen Glaubens und studierte dessen Geheimlehre, Kabbala genannt. Zudem beobachtete er die Sterne. Schon zu seinen Lebzeiten wurde er für seine vierzeiligen Gedichte, die die Zukunft voraussagen sollten, berühmt. Wissenschaftler beschäftigen sich noch heute damit. So soll er die Französische Revolution (1789–1799) beschrieben haben. Seine Kritiker merken jedoch an, dass seine Voraussagen so fantasievoll umschrieben sind, dass sie unterschiedlich ausgelegt werden können.

ASTRONOMIE UND ASTROLOGIE

Erst in der neueren Geschichte wurde die Sternenkunde in zwei Zweige unterteilt: Die Astronomie beschäftigt sich wissenschaftlich mit den Sternen, Planeten und dem gesamten Universum. Die Astrologie, was so viel meint wie Sterndeutung, berechnet nach Sternbildern, den Tierkreiszeichen – wie Fisch und Waage – sogenannte Horoskope. Sie sollen die Zukunft von Menschen kurz- und langfristig voraussagen.

BLEIGIESSEN

Hast du schon einmal an Silvester Blei gegossen? Das ist eine lustige Art zu versuchen, die Zukunft vorauszusagen. In vielen Geschäften kannst du zum Jahresende ein Set zum Bleigießen kaufen, mit verschiedenen „Glücksfiguren" und einem Löffel. Über einer Kerze kannst du das Bleistück auf dem Löffel schmelzen. Das flüssige Blei wird dann in eine Schüssel mit Wasser gegossen. Die neuen Figuren, die so entstehen, deuten angeblich auf Ereignisse im neuen Jahr hin. Ein großer Spaß für die ganze Familie.

KARTENLEGEN, AUS DER HAND LESEN UND PENDELN

Es gibt Menschen, die behaupten, Wahrsager zu sein. Mit verschiedenen Hilfsmitteln wie Karten, die gelegt werden, Pendeln, die hin- und herschwingen, oder Glaskugeln, in die sie hineinschauen, wollen sie die Zukunft ihrer Kunden lesen können. Einige benutzen dazu auch die Linien auf der Innenseite der Hände. Wahrsager behaupten meist, ihre Gabe geerbt zu haben, zum Beispiel von einer Großmutter. Viele Menschen, die Hilfe suchen, wenden sich an Wahrsager und bezahlen viel Geld für ihre Dienste. Da diese oft gute Menschenkenntnisse besitzen und ihre Voraussagen sehr allgemein formulieren, sind ihre Kunden meist mit ihren Angaben zufrieden.

ZUKUNFTSFORSCHUNG PER COMPUTER

Viele Teams aus Mathematikern und Informatikern beschäftigen sich mit Vorhersagen, auch Prognosen genannt. Banken und große Firmen zahlen dafür viel Geld. Sie nutzen zur Datenanalyse sogenannte Algorithmen, das sind mathematische Berechnungsverfahren und -formeln. So können sie zum Beispiel einen bestimmten Begriff bei Google oder auch bei Twitter eingeben und verfolgen, um dann anhand ausgeklügelter Algorithmen festzustellen, was Trend ist.

TRENDPROGNOSEN

Heutzutage nutzen Wissenschaftler – oft im Auftrag großer Firmen – Computerdaten, um Trends in allen möglichen Bereichen vorauszusagen. Nicht nur in der Mode, auch Reiseziele, Technik oder sogar politische und wirtschaftliche Tendenzen können per Datenanalysen bestimmt werden. Auch wenn es darum geht, wie sich Geldanlagen, Aktien und der Immobilienmarkt entwickeln, sind Trendanalysen gefragt.

LASSEN SICH GEGENSTÄNDE MIT GEDANKENKRAFT BEWEGEN?

HAST DU DIR SCHON EINMAL GEWÜNSCHT, OHNE KÖRPERKRAFT DINGE BEWEGEN ZU KÖNNEN, ZUM BEISPIEL EINEN STUHL SCHWEBEN ZU LASSEN? EINFACH NUR DURCH DEN GEDANKEN DARAN? ODER HAST DU SCHON EINMAL DAVON GEHÖRT, DASS JEMAND NUR DURCH SEINEN WILLEN LÖFFEL VERBIEGEN KANN? OB DAS MÖGLICH IST?

WAS IST TELEKINESE?

Der Begriff stammt aus dem Altgriechischen und bedeutet „fern“ (tele) und „Bewegung“ (kinesis). Er bezeichnet die Fähigkeit, allein mit Gedankenkraft Gegenstände zu bewegen und zu verformen. Manchmal wird das auch Psychokinese genannt. Solche Kräfte würden im Gegensatz zu allen Gesetzen der Physik stehen und geben der Wissenschaft große Rätsel auf.

GEISTERBESCHWÖRER UND MAGIER

Mitte des 19. Jahrhunderts kam eine Bewegung auf, in der sich Menschen damit beschäftigten, mit Geistern zu kommunizieren: der Spiritismus. Die Menschen glaubten, dass Geister ihnen durch Tischerücken und Klopfzeichen Botschaften schickten. In diesem Zusammenhang gab es auch immer wieder Vorführungen von angeblich durch Gedankenkraft bewegten Gegenständen wie schwebenden Stühlen und Tischen. Doch Zauberkünstler, die zugegebenermaßen mit Tricks arbeiten, konnten nachweisen, dass diese Phänomene ebenfalls auf Listen beruhten.

KAMPF DER WISSENSCHAFTLER

Ende des 19. Jahrhunderts kam der Begriff Parapsychologie auf. Er bezeichnet eine Wissenschaft, die sich mit außergewöhnlichen Aspekten der Psyche, also des menschlichen Geistes, beschäftigt. Sie versucht, mithilfe von wissenschaftlichen Methoden nachzuweisen, dass es so etwas wie Telekinese und andere außergewöhnliche Fähigkeiten wirklich gibt. Von Anfang an mussten allerdings diese Wissenschaftler scharfe Kritik von Psychologen und Physikern sowie von anderen Naturwissenschaftlern entgegennehmen.

SCHWEBENDE TENNISBÄLLE UND WANDERNDE STREICHHÖLZER

In den 1960er-Jahren wurde eine Russin dafür bekannt, dass sie Gegenstände bewegen konnte, ohne sie zu berühren. Wissenschaftler untersuchten, wie sie das wohl zustande gebracht haben könnte. Sowjetische und westliche Physiker wurden Zeugen davon, wie sie sogar unter Glaskästen befindliche kleinere Dinge wie Streichhölzer hin- und herbewegte, indem sie sich konzentrierte. Sie konnte sogar einen Tennisball schweben lassen. Niemand konnte beweisen, dass sie dabei Tricks angewendet hat. Als sie älter wurde, verlor sie diese Fähigkeit, was ihre Anhänger als Beweis dafür ansehen, dass sie wirklich besondere Kräfte besessen hatte.

VERBOGENE LÖFFEL

Hast du schon einmal von Uri Geller (geboren 1946) gehört? Er wurde in Deutschland berühmt, weil er in einer Fernsehsendung demonstrierte, dass er – angeblich durch seine Gedankenkraft – Löffel verbiegen konnte. Er sagte, er habe diese Gabe entdeckt, als er als Fünfähriger beim Essen einer Suppe auf einmal bemerkte, dass der Löffel sich verbog und dann sogar abbrach. Er verdiente mit seinen Shows sehr viel Geld.
Es wird vermutet, dass er gute Tricks anwendet, wie ein Zauberkünstler.

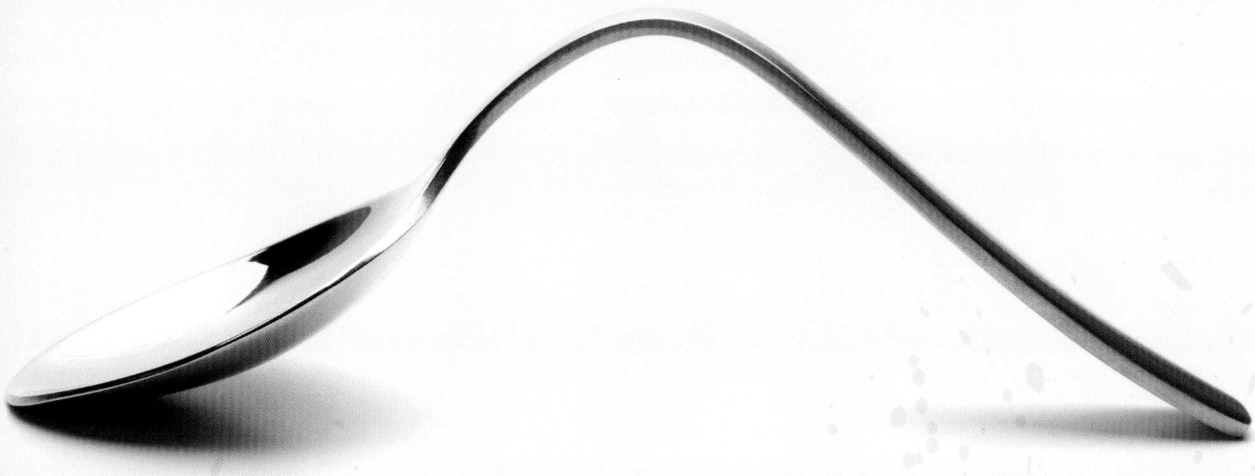

SENSATIONELLE GEDANKENKRÄFTE

Jedi-Ritter schleudern in den Star-Wars-Filmen durch Gedankenkraft Gegenstände gegen den Feind. Andere Leinwandhelden können die heimlichen Gedanken des Feindes lesen und sogar durch Psychokinese reisen – das alles ist in zahlreichen Science-Fiction-Filmen und -Büchern, in Computerspielen und in Fernsehsendungen möglich. Dank der zahlreichen Tricktechniken in der Filmkunst sieht das alles so aus, als ob es wirklich möglich wäre. Ist es aber leider nicht.

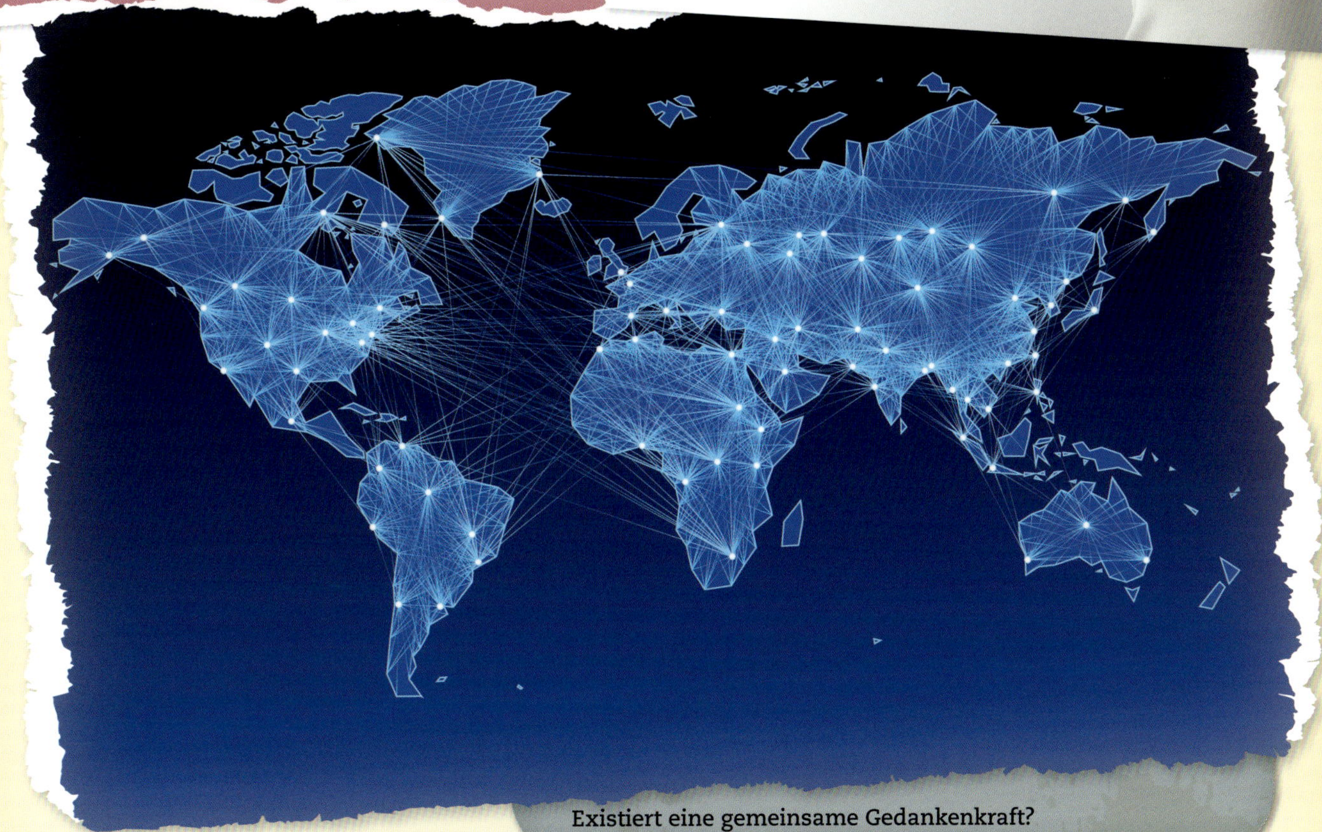

Existiert eine gemeinsame Gedankenkraft?

VERÄNDERN UNSERE GEDANKENKRÄFTE DIE WELT?

Es gibt ein Projekt von internationalen Wissenschaftlern aus vielen verschiedenen Disziplinen, das *Global Conciousness Project*, das Daten an etwa 70 Orten rund um die Welt sammelt. Dabei wird erforscht, ob es eine gemeinsame Gedankenkraft von Menschen gibt. Es scheint so zu sein, denn die Wissenschaftler haben aufgezeigt, dass Zufallsgeneratoren, die nach einem bestimmten Muster immer gleiche Daten aufzeichnen, auffällige Veränderungen ihrer Datenkurven aufweisen, wenn große Ereignisse passieren, die die Menschen bewegen.

HABEN KATZEN EINEN SIEBTEN SINN?

VIELE MENSCHEN GLAUBEN, KATZEN HÄTTEN EINEN SIEBTEN SINN. DIE MEISTEN KATZENBESITZER SIND DAVON FEST ÜBERZEUGT. SCHLIESSLICH WISSEN DIE STUBENTIGER, WANN IHRE MENSCHEN NACH HAUSE KOMMEN, UND EINIGE SOLLEN SOGAR SCHON ERDBEBEN UND ANDERE UNGLÜCKE VORAUSGESEHEN HABEN …

SPEZIELL ENTWICKELTE SINNE

Neben ihrem ausgeprägten Gleichgewichtssinn verfügen Katzen auch über einen besonderen Tastsinn: Die Wurzeln ihrer Schnurrhaare liegen dreimal so tief unter der Haut wie die üblichen Haare und ihre empfindlichen Fußballen spüren schon die geringsten Erschütterungen.

PERFEKTE JÄGER

Katzen sind von Natur aus bestens fürs Jagen ausgerichtet. Alle ihre Sinne sind darauf eingestellt: Sie hören dreimal so gut wie Menschen, sehen besser, und ihr Geruchssinn ist doppelt so stark ausgebildet. Besonders ihr Gleichgewichtssinn ist viel stärker ausgeprägt. Katzen balancieren mühelos auf hohen Zäunen und Bäumen und können punktgenau springen.

LEUCHTENDE KATZENAUGEN

Ganz besonders sind auch die Katzenaugen ausgestattet. Ihr Gesichtsfeld – dass, was sie sehen, ohne den Kopf zu drehen – ist erheblich größer als das unsere. Bei Dämmerung können sich die Pupillen bis 90 Prozent der Fläche der Iris weiten. So brauchen sie nur etwa ein Sechstel des Lichts, das wir benötigen, um noch ein Bild zu sehen. Das ist möglich, weil Katzen im Hintergrund ihrer Augen eine Fläche haben, die das wenige verbliebene Licht spiegelt (*Tapetum lucidum*). Darum leuchten Katzenaugen auch in der Dunkelheit.

KATZEN FINDEN IMMER NACH HAUSE

Auch der Orientierungssinn ist bei Katzen besonders stark entwickelt. Oft hört man von Katzen, die über Hunderte von Kilometern wieder nach Hause gefunden haben. Wie genau sie sich orientieren, wird nur vermutet: Wahrscheinlich richten sie sich nach landschaftlichen Merkmalen und nach dem Magnetfeld der Erde. Für Letzteres spricht, dass Katzen bei Versuchen, bei denen ihnen Magnete umgehängt wurden, Schwierigkeiten hatten, sich zurechtzufinden.

WOHER WEISS DIE KATZE, DASS IHR FRAUCHEN ODER HERRCHEN NACH HAUSE KOMMT?

Katzen und übrigens auch Hunde sind sehr gute Beobachter. Wenn ein Mensch jeden Tag um die gleiche Zeit nach Hause kommt, merken sich das die Tiere und sind schon im Voraus ganz aufgeregt und freuen sich. Außerdem können sie Autogeräusche unterscheiden, und da sie so viel besser hören als wir, merken sie schon vor uns, wenn sich ein bekanntes Fahrzeug dem Haus nähert.

HABEN KATZEN EINEN EXTRA SINN?

Katzen nutzen alle ihre Sinne viel spezieller als wir Menschen. Man könnte also dieses gute Zusammenspiel als extra Sinn bezeichnen: So kommt es, dass sie im Dunklen sehen, mit Schnurrhaaren tasten und wissen, wann ihre Menschen nach Hause kommen. Und Erdbeben spüren sie vor uns, weil ihr Tastsinn in den empfindlichen Ballen so gut ausgeprägt ist, dass sie geringste Bewegungen wahrnehmen.

WARUM STARRT MEINE KATZE MICH AN?

Katzen haben zusätzlich zu ihren Augenlidern noch die sogenannte Nickhaut. Sie sorgt dafür, dass die Augenoberfläche immer feucht gehalten wird. Also muss die Katze nicht ständig blinzeln und es sieht so aus, als ob sie ihre Menschen geheimnisvoll anstarrt.

Mit ihren feinen Schnurrhaaren können Katzen tasten.

HABEN KATZEN SIEBEN LEBEN?

Hast du schon einmal gehört, dass Katzen sieben oder gar neun Leben haben? Das kommt daher, dass Menschen das früher von Katzen dachten. Durch ihren ausgeprägten Gleichgewichtssinn können sie aus großer Höhe fallen und trotzdem überleben. Sie schaffen es, sich während des Fallens auf die Bauchseite zu drehen, wobei der Schwanz als Ruder dient. Dann strecken sie die Füße aus und landen sicher auf den Ballen. Zur Zeit der Hexenverfolgung dachten einige Menschen, dass Hexen sich in schwarze Katzen verwandelten. Alles, was die Menschen nicht verstanden, war bedrohlich und so wurden auch Katzen getötet.

Die Göttin Bastet in Katzengestalt

KATZEN ALS GÖTTER

Katzen wurden jedoch auch von anderen Kulturen verehrt: Vor etwa 4000 Jahren waren Katzen im alten Ägypten beliebte Haustiere. Es gab sogar eine Göttin der Fruchtbarkeit und Liebe, die als sitzende Katze dargestellt wurde: Bastet. Wer Katzen tötete, beging ein schweres Verbrechen, und wenn eine Katze gestorben war, wurde sie sogar wie die Könige einbalsamiert und beigesetzt.

GESUCHT! WANTED!

ATLANTIS, WURMLÖCHER ODER BILLY THE KID: HIER WERDEN RÄTSELHAFTE OBJEKTE, PERSONEN UND LEBEWESEN, DIE DIR IN DIESEM BUCH BEREITS BEGEGNET SIND, GESUCHT. VIELLEICHT FALLEN DIR JA NOCH MEHR STICHPUNKTE EIN, DIE BEI DER FAHNDUNG HELFEN KÖNNTEN?

BERNSTEINZIMMER

SPURLOS VERSCHWUNDEN!

BESONDERES MERKMAL:
ÜPPIG MIT BERNSTEIN VERZIERT, SEHR KOSTBAR
ZULETZT GESEHEN:
1944 IM KÖNIGSBERGER SCHLOSS

MANN MIT DER EISERNEN MASKE

IDENTITÄT RÄTSELHAFT!

BESONDERES MERKMAL: TRÄGT EISERNE MASKE
ZULETZT GESEHEN: BASTILLE, PARIS

ATLANTIS

VERSUNKENE STADT!

ÄUSSERE ERSCHEINUNG: FASZINIERENDE INSEL MIT VIELEN BERGEN, SEEN UND KANÄLEN
VERMUTETER AUFENTHALTSORT:
ATLANTISCHER OZEAN

SHERLOCK HOLMES

MEISTERDETEKTIV GESUCHT!

ERKENNUNGSZEICHEN:
DOPPELSCHIRMIGE JAGDMÜTZE UND TABAKSPFEIFE
WOHNORT: BAKER STREET 221B IN LONDON

BILLY THE KID

ACHTUNG, VERBRECHER!

ALTER: ETWA 1859 GEBOREN
LETZTER HINWEIS: FOTO AUS DEM JAHR 1880

DINOSAURIER
URZEIT-GIGANTEN VERSCHWUNDEN!

ZULETZT GESEHEN: VOR 65 MILLIONEN JAHREN
BESONDERES MERKMAL: AUSGESTORBEN

RIESENKRAKE
AUS DEM WELTMEER!

ÄUSSERE ERSCHEINUNG: BIS ZU 13 METER LANG
BESONDERES MERKMAL:
FANGARME MIT SAUGNÄPFEN

AUSSERIRDISCHE
BEWEISE GESUCHT!

VORKOMMEN: AUF FREMDEN PLANETEN
ZULETZT GESEHEN: MYSTERIÖSE FLUGOBJEKTE

WURMLOCH
UNSICHTBAR!

BESONDERES MERKMAL: ABKÜRZUNG IM ALL
VORKOMMEN: BISHER NUR IN DER THEORIE

NESSIE
ACHTUNG, SEEUNGEHEUER!

ÄUSSERE ERSCHEINUNG: SEESCHLANGE ODER
HIRSCHARTIGE KREATUR
ZULETZT GESEHEN:
LOCH NESS IN SCHOTTLAND

KATZE
PERFEKTER JÄGER!

ÄUSSERE ERSCHEINUNG: WEICHES FELL, ELEGANTER
KÖRPER, LANGE SCHNURRBARTHAARE
BESONDERES MERKMAL: AUSGEPRÄGTE SINNE

REGISTER

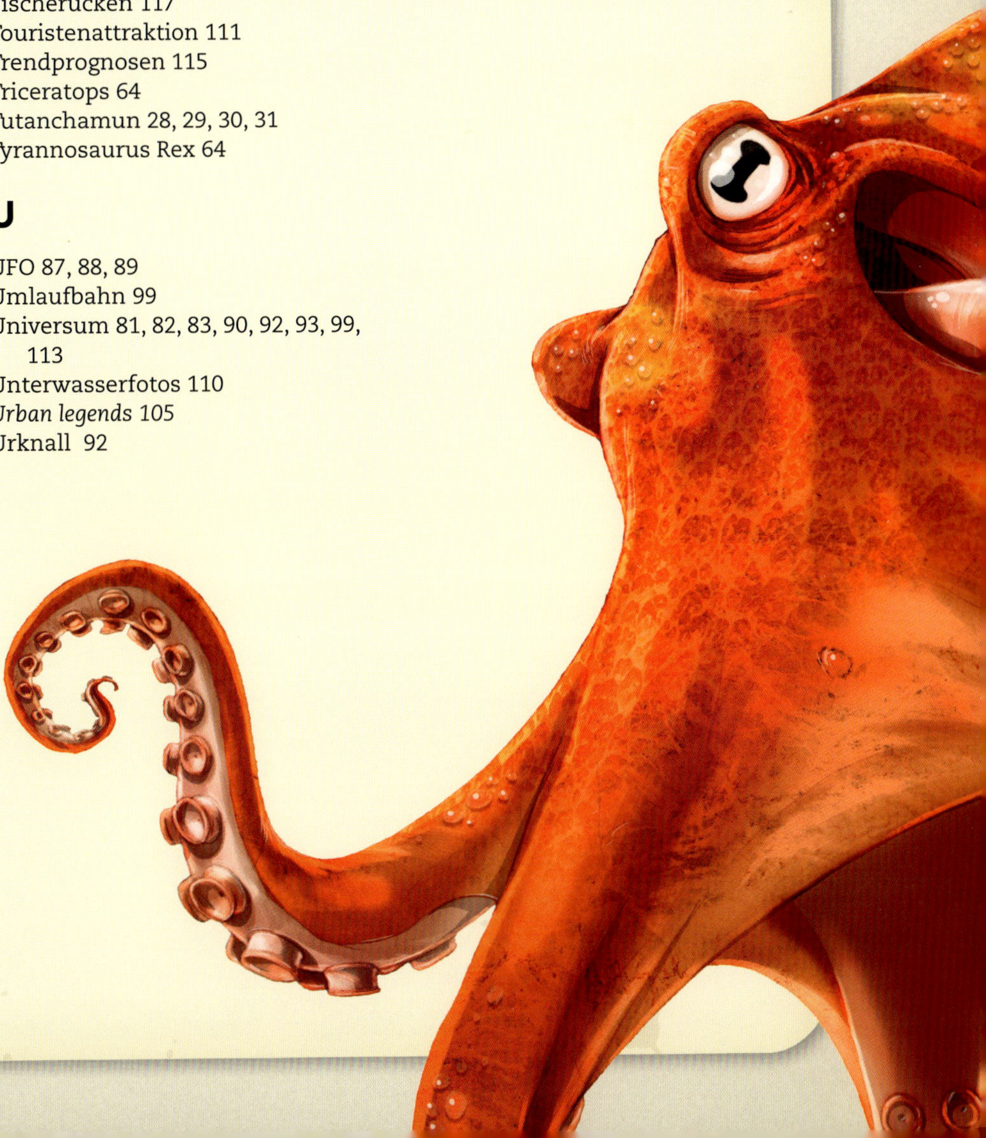

BILDNACHWEIS

fotolia.com: babelsberger 10 u.; 2630ben 11 M.; André Franke 11 u.; Juulijs 13 u.; Max Ferrero 25 u.; Dieter Hawlan 31 o.; aruba2000 36 o.; tilialucida 37 o.; kekka 44 u.; vetkit 45 u. l.; vitstudio 45 u. r.; Couperfield 46 o.; okolaa 51 u.; iredding01 63 M.; 歌うカメラマン 63 u.; ricktravel 64 u.; forcdan 65 o.; Rainer Albiez 65 u.; PRILL Mediendesign 70 u.; petejau 78 o.; sara_winter 78 u.; alex_aldo 79 u.; pitris 82; bombardir7 83 o.; KB3 88 u.; nikonomad 90 o.; Tjefferson 91 o.; Georgios Kollidas 91 u.; Monika Wisniewska 96 o.; Tim Friedrich 96 u.; ag visuell 97 o.; Thaut Images 100 u.; Vadimsadovski 101 u.; Thomas Hansen 106 u.; Gajus 107 o.; Orlando Bellini 107 u.; s_karau 111 o.; Regormark 112 o.; Fotos 593 112 u.; by-studio 118 u.; dragonstock 119 o.; polygraphus 119 u.; ysbrandcosijn 122 o.

mauritius images: 44 o.; 74 o.; 74 u.; 75 o.; 113 o.; 123 u.

shutterstock.com: Mark Van Scyoc 47 o.; Peter Kim 47 M.; Slava Gerj 57 o.; Bodil1955 57 u.; Marcel Jancovic 88 o.

Sonstige: Urheber: Olaf Tausch, Lizenz: cc-by-sa 22 o. r.; Urheber: Sailko, Lizenz: cc-by-sa 22 o. l.; Urheber: Kleuske, Lizenz: cc-by-sa 22 u.; Urheber: Olaf1541, Lizenz: cc-by-sa 56 o.; Urheber: Hans Hillewaert, Lizenz: cc-by-sa 62 u.; Urheber: Ferdinand Schmutzer 83 u.; Urheber: Marco Almbauer, Lizenz: cc-by-sa 122 u.